Le métier d’homme

Du même auteur

Éloge de la faiblesse
Éditions du Cerf, 1999
Marabout, 2011
Ouvrage couronné par
l'Académie française

La Construction de soi
Un usage de la philosophie
Seuil, 2006
et « Points Essais » n° 680, 2012

Le Philosophe nu
Seuil, 2010
et « Points Essais » n° 730, 2014
Prix Pierre-Simon – Éthique et société
et prix Psychologies – Fnac

Petit traité de l'abandon
Pensées pour accueillir la vie telle qu'elle se propose
Seuil, 2012

Alexandre Jollien

Le métier d'homme

Suivi de

« La pratique spirituelle, un autre nom pour le métier d'homme »

(Entretien avec Bernard Campan)

Éditions du Seuil

ISBN 978-2-7578-4188-4
(ISBN 978-2-02-052606-7, 1re publication)

À Corine,
À Jean-Marc Flükiger et à Dominique Rogeaux.

Le Métier d'homme *n'aurait pas vu le jour sans le soutien inconditionnel de Jean-Claude Guillebaud, André Gilloz et Pierre Carruzzo.*

L'homme qui a écrit ce livre peut compter jour après jour sur des amis qui l'accompagnent dans son combat joyeux. Les lignes qui vont suivre leur doivent beaucoup. Merci donc à mes parents, à mon frère, Franck. Merci à Yvette, Marie-France et Hector Smith, Marie-Madeleine, M.-F. Clément, Étienne, Jean-Philippe, Massimo, D. Nelis, Antoine, Patrice Héritier et Nicolas de Preux. Merci aussi à Josiane et Michel qui m'ont ouvert les portes de la librairie « C'est écrit ». Ainsi, en compagnie d'autres bibliophiles, j'ai affronté les mille difficultés qui transforment souvent le clavier de mon ordinateur en obstacle infranchissable.

Toute ma gratitude va enfin à tous les êtres, et ils sont nombreux, qui m'invitent avec une discrète insistance à me lancer dans la singulière aventure du métier d'homme.

Avant-propos

« On ne naît pas homme, on le devient[1]. »

J'aimerais unir ma voix, mes interrogations à celles de l'auteur de l'*Éloge de la folie*, prospecter à tâtons et rendre visite – sans souci d'exhaustivité et au gré des besoins – aux philosophes qui nous ont précédés pour leur emprunter çà et là des outils. Pourquoi ? L'exigence du quotidien oblige à tout mettre en œuvre pour risquer la singularité, assumer une place dans le monde, sauver sa peau. Risible projet ? Folie prétentieuse ? Peut-être. Ma condition me porte cependant à m'armer. Revers du sort, échecs, difficultés avec lesquelles on va bâtir une vie, tout invite à relever le défi implacable : *on ne naît pas homme, on le devient*…

Je suis handicapé. Démarche chaloupée, voix hésitante ; jusque dans mes gestes les plus infimes, mouvements abrupts de chef d'orchestre drôle et sans rythme : voilà le portrait de l'infirme.

1. Érasme, *Œuvres choisies*, Le Livre de poche, 1991.

Dans cette quête, l'expérience de la marginalité peut ouvrir quelque porte singulière sur notre condition. Partir à la rencontre du faible pour forger un état d'esprit capable d'assumer la totalité de l'existence, telle est l'intuition fondamentale et hasardeuse de ce périple, enjoué, souhaitons-le.

Dernière précision : lorsque j'emploie le mot « homme », j'embrasse évidemment… la femme.

I

D'un combat joyeux

L'existence procède de la lutte, je ne le sais que trop.

À l'angle de la rue, le bus se profile. La nuit tombe. J'embrasse une ultime fois mes parents. Déjà les portes électriques me happent. Chaque fois, je songe qu'elles m'arrachent à tout jamais à ma famille. Puis c'est l'odeur rassurante des sièges, la moquette rêche et sèche, le couloir étroit, les cendriers nauséabonds. Vite, je choisis une place près de la fenêtre pour consacrer les dernières minutes à m'emplir l'esprit d'images, celles de mes parents. Plus rien n'existe hors ces deux visages.

Rien ne peut s'opposer au départ, je le sais. L'autobus ne tarde d'ailleurs jamais à s'ébranler. Vite, toujours trop vite ! Un petit garçon fixe toujours ses parents. Il donnerait tout pour que la vitre se brise, pour que s'arrête le véhicule de son malheur. Déjà ils ne forment plus qu'un point qui s'évanouit dans le lointain, tout là-bas.

L'enfant pense à son sort. Passe encore d'être infirme, mais pourquoi le prive-t-on de ses parents ? Il ne le comprend pas. Il se remémore avec force les événements qui, dimanche après dimanche, recommencent comme un cérémonial : d'abord la grasse matinée, au milieu du père et de la mère, à l'écoute de leurs mots simples. Les contes de fées issus de leur imagination ont mission de transporter son esprit loin, le plus loin possible de ce jour maudit. Plus tard dans la matinée, j'observe les mouvements gracieux de maman. Elle s'active finement dans la cuisine. Nous sommes ensemble… Goûtant la vie familiale, je me trouve presque heureux à savourer pour un temps des charmes discrets, des joies simples, tout ce qui durant la semaine va faire défaut !

Même maternel, le ragoût exige une pénible mastication. Dans la rumination je perçois le symbole de la journée qui conduit inéluctablement à la séparation. Chaque instant avec maman porte immanquablement le sceau d'une absence toute proche. Interminable, l'attente menace chaque minute et pèse. Les yeux rivés sur l'horloge, je passe l'après-midi à endurer la vanité du présentateur de télévision, triste augure insensible. Puis ce sont les insipides et stériles séries, *L'École des fans*, autant de minutes pétries d'attente désespérée. Sur le coup de 18 heures, la voiture familiale quitte la

maison bien-aimée pour regagner la ville et sa gare. Le père fait de l'humour pour nous détendre, en vain. Devant l'énorme édifice, des familles, touchées elles aussi par le handicap, attendent le bus chargé de nous amener à l'internat. Les secondes s'égrènent, lentes et douloureuses, paraissant pourtant, à mon souvenir, toujours trop courtes lorsque l'attente aura pris fin.

Alors, quand éclate près de moi le joyeux balbutiement d'un ami, je suis violemment arraché à la rêverie. On s'enquiert si tout va bien. La gorge serrée, je suis bien obligé de quitter le contact de la vitre glacée. Les regards des uns et des autres se croisent bientôt : ces visages lumineux m'accueillent. Tous tentent de conjurer la peine, tous partagent l'étrange condition : le nain sourit à pleines dents, le muet mène grand tapage. Seul le paralysé fixe encore le point que forment les siens.

Non, je ne suis pas seul à partager ce sort. La gorge se desserre, les complicités se renouent. L'autre vie, la vraie, reprend de force ses droits. Voilà ce que dicte la rencontre précoce avec l'isolement et la solitude : il faut que cela serve. Au combat ! Je dois mettre à profit la vie, trouver de la joie, sinon je suis perdu. Mais comment, comment donc ?

*

De bonne heure, l'existence s'est donc annoncée comme un combat. Les premières années de ma vie, je les ai vouées à la correction de la bête, à l'adaptation d'un corps rétif. La longue suite de ses dysfonctionnements exigeait mille efforts, il fallait y employer âme et corps, affronter les faux mouvements, maîtriser les spasmes, éviter les chutes, atteindre le lendemain sain plus que sauf. Souvent l'irrémédiable gagnait du terrain, souvent il semblait anéantir le présent. Chaque matin, le combat recommençait, les stratégies s'affinaient. Obstacle redoutable et reconnu, la résignation hostile était proscrite. Nulle astuce, nul effort ne pouvaient être épargnés. Loin de m'attrister, la lutte à livrer dispense sans trêve et de façon inattendue une joie authentique que j'ai invariablement retrouvée auprès des camarades qui m'entouraient. Soutenant le moral de cette singulière troupe, la jubilation venait couronner et transformer en triomphe tout progrès, toute réussite, même la plus insignifiante.

Ce que l'éthologie enseigne, l'infirme l'expérimente avec constance : les êtres organiques sont contraints, pour survivre, de combattre sans cesse contre leur état. Estropiés, nains, boiteux, thérapeutes, paralysés, voilà le milieu dans lequel je devais lutter et progresser. Curieux paradoxe : bien souvent, les situations les plus précaires disposent à la lutte. Interdisant la passivité, elles

incitent au défi. On peut fort bien se résigner pour un doigt coupé, un cheveu sur la langue, des oreilles décollées, même pour un pied plat... Mais pour certains qui baissant la garde se condamnent à une existence en marge, voire à la mort, il est périlleux de se laisser aller.

Tenir debout d'abord, la littérature ensuite !

Pour ma part, la perspective d'aller droit donne des ailes. Sans motivation, il est vrai, le combat paraît vain et l'effort dépourvu d'utilité. Qui croise le fer avec les mille épreuves du jour, qui, tout entier, tend sa volonté pour effectuer le geste quotidien le plus anodin, peine à entrevoir l'aspect libérateur de la culture. Ce que d'aucuns prennent pour de la paresse relève bien souvent d'une ignorance et d'un désespoir. L'incontournable Maslow[1] prétend que « chaque individu aspire à satisfaire divers types de besoins, des plus primaires – les besoins physiologiques (faim, soif, sommeil, etc.) – aux plus essentiels, l'accomplissement de soi. Les besoins supérieurs ne peuvent apparaître que si les besoins inférieurs sont déjà satisfaits ». Pour l'ignorant complet que je fus, l'école semblait procéder

1. A. Maslow, *Vers une psychologie de l'être*, Fayard, 1989.

d'un luxe dérisoire. Comment, relégués au rang de corvée, lecture et calcul pourraient-ils apporter le moindre secours à un apprenti bipède qui redoublait d'efforts seulement pour conserver un équilibre précaire ? La marche ou la maîtrise de la fourchette surclassaient, et de loin, le syllabaire et l'arithmétique élémentaire.

Dans mes efforts, je me sentais entouré. Un bref regard vers un voisin m'apprenait déjà que la lutte s'étend à tous mes camarades, sinon au genre humain tout entier.

Or, la vie à côté des autres exigea bientôt un nouveau combat : vivre en commun. La cour de récréation offrait un étrange spectacle au nouveau venu. Casqué (pour éviter la commotion), je déambulais au milieu des boiteux, slalomais en dépit du bon sens entre les chaises roulantes, essayais de m'entendre avec la sourde. Le caractère abîmé de ces existences cabossées s'imposa donc. À travers le branchage des arbres, je me risquais parfois à pressentir l'autre monde, la ville, les badauds, les autres… Sous le casque mille interrogations, sur les lèvres un seul mot, hésitant : pourquoi ?

L'incompréhension force à tout mettre en œuvre pour échapper à la cruauté absurde du moment et lui opposer une franche résistance.

Ainsi, avec ce mot à la bouche, je retournais, seul, dans ma cour. Au milieu des jeux, je chassais

la tristesse. La compagnie finit par m'aider. Le soutien inconditionnel, les marques d'affection que je recevais m'incitèrent alors à donner à mon tour, mais cette « philanthropie » débutante se situait, sans pour autant l'exclure, en deçà de toute morale. Un esprit chagrin ne verra dans ce lien que l'expression d'une alliance générée avant tout par l'adversité. Soit, mais cela empêche-t-il qu'une authentique amitié s'y greffe et qu'elle la dépasse ? Au milieu des cris, des pleurs et des éclats de rire, j'ai appris la vaine et stérile cruauté de l'égoïsme, la douceur simple du geste consolateur. Devant un sort peu clément, l'union supplante la lutte.

*

Suivie de bien des lectures, une rencontre m'a appris la valeur insoupçonnée d'un nouveau combat. Près de la pension vivait parmi les livres un homme âgé, l'aumônier de l'internat. Il opposait à sa santé précaire une joie souveraine qui exerça sur moi une curiosité faite d'abord d'incompréhension, mais bientôt pétrie d'admiration. Pour la première fois je prenais conscience que l'esprit (ou l'âme, comme on voudra) mérite quelque attention. Adolescent, j'ai deviné auprès du vieillard les charmes de la philosophie, les délices des *choses de l'esprit*. Dès lors, deux

hommes veillèrent souvent à la lueur d'une lampe studieuse. Les discussions roulaient, les arguments s'affûtaient. Je m'armais pour la vie. Les yeux usés ouvraient ceux du jeune homme, les oreilles que l'outrage du temps avait bouchées écoutaient sans complaisance les rumeurs confuses d'un cœur gonflé d'incompréhension. Je lui disais les seize années d'institution, mon désarroi, l'étrange sentiment d'appartenir à un autre monde, monde riche, passionnant bien sûr, mais difficile pour l'être privé de ceux qu'il aimait. Le père bourrait méticuleusement sa pipe tandis que l'infirme parlait toujours, de l'internat, des camarades. Au cœur de la nuit, dans la bicoque, j'apprenais à exister.

Que dire des feux allumés par ce penseur discrètement éclairé dans un individu préoccupé sans mesure par les exigences d'un corps aux mille dégâts... ? Au soir de sa vie, le prêtre léguait son héritage, en complète admiration devant un corps dur et tendre à la fois et devant un esprit obscurci par l'épreuve mais dont il sentait croître les forces. L'homme aux joues creuses, aux dents jaunies, qui devait bientôt mourir, œuvrait consciemment à la naissance d'un projet dont il ignorait tout. La construction de l'esprit, telle serait désormais la grande affaire, la terre promise. Restait à trouver le chemin. J'allais m'y employer avec gourmandise.

J'ai pressenti que le nouvel état si convoité permettrait de jeter un regard surpris sur la réalité, et de sauver la peau d'un prisonnier des entraves quotidiennes. La lutte entamée jadis contre le dysfonctionnement du corps envahissait le terrain tortueux de la pensée. Les exercices de prononciation, les étirements réalisés sur les muscles trouvaient leurs prolongements dans la délicate recherche d'une identité, dans l'élaboration d'une personnalité. Devant l'étrangeté de ma condition, je devais m'outiller. Voilà la seule évidence sur mon chemin !

Plus tard, en lisant Nietzsche, j'ai découvert la même soif, le même désir. Le philosophe qui invite à l'éternel dépassement de soi m'instruit : pour sauver ma peau, chaque pas est à inventer. Me mettre en marche, voilà ce qu'exige l'insoutenable précarité de mon être.

Cette tension, je la crois à l'œuvre chez plus d'un. Boris Cyrulnik confie avoir étudié la psychiatrie pour « régler un compte ». Après avoir assisté à la déportation de ses parents vers un camp de concentration auquel il échappera de justesse, il met son talent au service de l'homme. Le médecin éthologue s'empresse d'ajouter qu'il s'agit d'une noble motivation. Il cite Pierre Feyereisen[1] : « Les enfants, les femmes, les étrangers,

1. Boris Cyrulnik, *Les Nourritures affectives*, Odile Jacob, 2000.

les Noirs, tous ceux qui ont eu à souffrir des autres deviennent souvent de meilleurs observateurs que ceux dont la personnalité se développe sans cet effort d'attention. » Dans son journal hédoniste Michel Onfray[1] emploie la même expression pour éclairer sa vocation littéraire. Il énumère d'illustres noms qui trouvent dans leur art un moyen d'échapper à d'anciens démons. Les adversités rencontrées constituent ainsi un terreau sur lequel l'existence va se construire. Sans culpabiliser ceux qui ne s'en sortent que difficilement, contentons-nous de nous référer à ces biographies qui rappellent que rien n'est à jamais « perdu ».

Fort de ce nouveau projet, j'ai donc commencé à transformer la précarité omniprésente de mon état en une source, un aiguillon. La faiblesse, cette fidèle compagne, prenait une dimension nouvelle. En somme, je tentais de l'assumer : le monde porterait la marque de ma fragilité, tout me le signalait. Mais une fois ce curieux constat établi, sa conquête hasardeuse pouvait commencer… dans la liberté et la joie.

Celui qui dès sa naissance côtoie la souffrance ou la douleur entame l'existence pourvu d'un réalisme bienfaiteur. En définitive, trop tôt avisé que la vie s'accompagne inexorablement

1. Michel Onfray, *Le Désir d'être un volcan*, Grasset, 1996.

de peines, il sombre moins aisément dans le découragement et, savourant la nécessité du combat, reconnaît et déjoue plus aisément la cruauté de son adversaire.

Je me souviens ainsi de l'angoisse qui me gagna quand, désemparés, mes parents n'eurent d'autre choix que de me laisser en internat, au milieu d'enfants eux aussi frappés par le handicap. La douceur peinte sur leurs visages accentuait par contraste la cruauté du moment. Quant à leurs sourires, ils achevaient d'accentuer mon malaise. Instants d'une intensité vertigineuse, où les entrailles semblent se consumer, les tempes éclater. Le temps s'immobilise, les repères s'effondrent, l'univers se vide… Puis le calme reparaît. Un regard échangé, une voix amie reconstruisent ce qui a été englouti. Le sourire qui revient alors aux lèvres, hésitant, proche du sanglot, rappelle que la lutte continue, que nous sommes embarqués, que toute halte serait fatale. Le dos au mur, je cherche le moyen de bâtir un état d'esprit capable de me sauver la vie.

Dans un couloir froid d'internat, sous la violence impersonnelle d'un néon, j'ai éprouvé pour la première fois l'obligation absolue de donner du sens à chaque expérience. Chacun des êtres qui m'entouraient m'aiderait à affronter l'abrupte nécessité de la lutte.

Toute ma vie – je l'ai bien compris – je m'emploierai à construire sur la douleur, sur le vide, sur la menace qui submergent, de la joie.

*

Loin de moi l'envie de tout maîtriser, je me priverais de l'essentiel ! Ce désir totalisant relève d'ailleurs de l'utopie, d'un banal réflexe sécuritaire. Ce que je puis, du moins, c'est me préparer. Comment ? Peut-être en observant les êtres blessés qui partagent mon sort. L'escrimeur qui bondit vers son adversaire en effectuant des entrechats semble incarner la pure grâce, la pure gratuité. Pourtant, que d'heures consacrées à l'entraînement, à l'exercice, et qui font de lui un athlète si adroit ! Sa légèreté, sa liberté naissent d'un travail assidu. Sur le terrain de la vie quotidienne, le même travail et la même préparation sont requis. Baisser les bras, se résigner équivaudrait, pour reprendre un mot de Nietzsche, au sabbat des sabbats, à la mort. L'homme demeure un être inachevé pour qui tout reste à conquérir. Une fois la peur assumée, cette exigence fascine. En elle réside assurément une des plus belles grandeurs de l'homme, même si son prix paraît démesuré, par trop oppressant.

Devant la grande inconnue de l'avenir, il s'agit de sculpter (comme un sportif sculpte son corps)

l'existence pour assumer la totalité de ma condition. Les expériences les plus malheureuses, comme d'ailleurs les instants de jubilation, deviennent, il le faut, une opportunité pour devenir meilleur. Il ne s'agit pas ici de justifier la douleur ni les moments creux qui torturent et souvent isolent. Je suggère seulement de les mettre à profit pour qu'ils ne prennent pas le dessus. La tâche est rude, l'exercice périlleux, mais vital. Que d'obstacles l'escrimeur affronte-t-il dans la pratique de son art !

Les philosophes de l'Antiquité se désignent volontiers comme *progredientes*, comme des hommes qui sans cesse doivent progresser. J'aime cette volonté lucide sur la précarité de notre condition. Pour ces hommes avisés, le quotidien apparaît comme un terrain d'exercice permanent. Le moment le plus insignifiant devient ainsi une occasion de se fortifier. Sans dédaigner le *body building*, Grecs et Latins nous convient surtout au *soul building* ! Or les urgences futiles du jour nous détournent souvent de cet idéal. Sur ce point, le faible ne serait-il pas avantagé ? Ne sent-il pas que suspendre la lutte, c'est risquer la chute ? Mais comment rebondir face à la souffrance ? Nulle recette, nul mode d'emploi à disposition ! Cet art décliné au quotidien ne se trouve guère dans les livres, encore moins dans les modèles que les médias nous infligent. Où donc le trouver ?

Je souhaite une nouvelle fois diriger le regard vers ceux que Schopenhauer[1] nomme les *sociis malorum*, vers les compagnons d'infortune, nos compagnons d'épreuve : telle vieille femme croisée au détour de la rue, tel clochard qui scandalise les badauds, tel paralysé, tel « paumé » qui nous installe dans la pitié, tel voisin grincheux, tous ces individus cherchent à tenir debout, à « aller droit », à trouver leur équilibre, une dynamique, un état d'esprit qui permettent la survie.

Pascal, à la suite d'Aristote, pense que derrière chaque acte posé par l'homme se trouve la recherche volontaire du bonheur. Présente derrière la gifle comme derrière la caresse, elle anime tout homme et constitue le but de toutes ses actions. Même celui qui veut se pendre fait une « tentative »…, il recherche une moins grande souffrance. Voilà une invite au respect. Celui qui me meurtrit croit, honnêtement peut-être, améliorer son sort. Même s'il emprunte une autre voie, condamnable parfois, il partage avec moi la même aspiration, celle du bonheur.

Souvent ce combat joyeux, voleur de temps et d'énergie, semble trop ardu, trop exigeant. Devant un si grand labeur, où trouver force et ressources, sur quoi fonder la volonté de résister ?

1. Arthur Schopenhauer, *L'Art d'être heureux*, Seuil, 2001.

La question contient, déjà, une amorce de réponse. Il s'agit bien de la volonté que l'on entretient comme une flamme. Par une bien curieuse dialectique, le manque peut ainsi devenir une source, un élan vers plus de bonheur. Me sachant démuni, je vais tout mettre en œuvre pour m'en sortir. La blessure appelle donc son joyeux contraire.

L'art de tenir debout, de maintenir le cap suppose précisément un horizon plus heureux vers lequel se diriger. Ce qui mine cette progression, ce n'est pas la souffrance, ni l'échec, mais le désespoir. Cesser d'espérer, c'est s'avouer vaincu sans même relever le défi, c'est rendre vain chacun de nos efforts. La formation de la personnalité exige, comme singulier point de départ, un dépouillement radical : se (re)connaître vulnérable, perfectible, prendre conscience d'évoluer en terres incertaines, essayer de savoir pourquoi l'on combat… joyeusement.

II

De l'unicité de l'homme

Je suis un anormal. On l'a dit, assez. Je l'ai senti. Les mouvements des yeux qui passent à l'examen chaque parcelle de mon être me l'apprennent : tel regard fixe le mien puis descend, là précisément où se trouve la preuve qu'il recherche : « il est handicapé ». Parcours des yeux, quête insistante du talon d'Achille, de la faiblesse... Ce que la plupart des gens perçoivent, c'est l'étrangeté des gestes, la lenteur des paroles, la démarche qui dérange. Ce qui se cache derrière, ils le méconnaissent. Spasmes, rictus, pertes d'équilibre, ils se retranchent derrière un jugement net et tranchant, sans appel : voici un débile. Difficile de changer cette première impression, douloureux de s'y voir réduit sans pouvoir s'expliquer. Le dialogue est impossible car ce qui vient d'un débile est débile. Ainsi le cercle se ferme, le contact devient impossible.

Un nom suffit à qualifier la tare : « athétose ». Ce mot grec me suivra-t-il donc toute ma vie ?

Cette appellation d'infirmité contrôlée reste pour moi sans effet car elle est bien trop vaste et peu compréhensible. Pour d'autres, un diagnostic trop prompt constitue la perte de la liberté. Le mot représente une chaîne à laquelle est liée l'existence, la prison dans laquelle on enferme un individu. Le terme devient plus lourd que la réalité qu'il prétend désigner. Quand mon voisin disparaît sous l'étiquette de dépressif, quand autrui n'apparaît plus que comme le diabétique, le veuf ou le Noir, la réduction à l'œuvre dans maints regards pèse, meurtrit la personnalité et ouvre des plaies secrètes.

Le pire, c'est que j'ai longtemps cru que ces étiquettes étaient vraies, que l'équation : handicapé = malheureux est une loi établie, prouvée, incontestable. Même le médecin me certifia que je ne pourrais, par exemple, pas avoir accès à l'école officielle. L'étiquette, scientifiquement attestée, ne pouvait être décollée. Combien de diagnostics à l'emporte-pièce enferment, réduisent et condamnent tout espoir !

Or la fixité même du jugement réduit la richesse du réel, de l'être humain devant lequel on devrait au moins s'étonner, à défaut d'oser s'émerveiller. Car l'expérience quotidienne vient quelquefois délicieusement ruiner ces vérités établies. Le paralysé que tous (pré)disaient malheureux soutient le moral de qui le côtoie, cependant

que l'élite intellectuelle, promise à une somptueuse carrière, sombre dans un mal-être sans mesure. Pourtant « il a tout pour être heureux ». L'énoncé confine à l'ineptie. Le bonheur se confectionnerait-il comme une brioche ? Une pincée de santé, deux cuillères de...

Y aurait-il des ratés ?

L'être humain, je le crois, s'inscrit dans une complexité qui force l'étonnement. Peut-on réellement le cerner avec des « dépressif », « blond », « à pieds plats », « Noir », « égoïste » ? Ces indications nous aident-elles vraiment à appréhender le mystère qui habite chaque individu ? J'y vois plutôt un danger. Il ne s'agit évidemment pas de s'interdire tout jugement, mais d'éviter la blessure engendrée par des considérations trop hâtives, de s'astreindre au moins à regarder mieux, autrement... avec dépouillement.

Derrière les mots se cache un être, une personnalité riche, unique, irréductible que le poids des préjugés finit par recouvrir d'une couche fièrement catégorique. Ce vernis exclut une approche simple et innocente. La chaise roulante, la canne blanche, voilà ce qui saute aux yeux. Mais qui, avec virtuosité, utilise le fauteuil roulant, qui manipule la canne ? Le voit-on, veut-on le voir ? Et pourquoi de tels accessoires seraient-ils nécessairement les signes du malheur ? C'est aussi la raison pour laquelle, puisqu'il faut se méfier des généralités et

considérer l'individu dans sa vérité (toujours plus dense que ce qui est visible), ces signes extérieurs interdisent d'imaginer l'aveugle... heureux.

La réflexion sur la normalité me hante jusqu'à la passion. Elle m'assure bien des tourments, bien des blessures. Au début, je brûlais d'être comme tous les autres. J'aurais tout donné pour devenir enfin normal. Je me précipitais ventre à terre hors de l'internat afin de voir, toucher, sentir, connaître un « individu normal ».

La tradition propose un large éventail de caractéristiques pour distinguer l'homme des autres créatures du monde. Vaste programme ! En voici quelques-unes, cocasses[1] : Descartes propose la parole, le fantasque Rabelais célèbre le rire, alors que Brillat-Savarin découvre, dans la faculté de distiller des fruits pour en faire de la liqueur, le moyen de prouver qu'il est un homme. Beaumarchais suggère que boire sans soif et faire l'amour en tout temps nous différencient des autres bêtes. Enfin, Valéry écrit que celui qui sait faire un nœud appartient à la race humaine. Par leur aspect déroutant, ces tentatives de définition ont tout simplement le mérite de mettre en évidence, non sans humour, la difficulté de cerner l'être humain. Selon le critère de Valéry, je ne suis pas un homme, le roi des animaux peut-être,

1. Tirées de Léon-Louis Grateloup, *Cours de philosophie*, Hachette, 1990.

mais pas un homme. Et que pourrait bien faire Descartes d'un muet ?

Une définition par trop simpliste est donc dangereuse. Elle détermine abusivement ce qui est normal ou non et engendre une mise à l'écart, voire une exclusion. Toute réduction qui circonscrit l'homme en niant l'unicité de l'individu confond l'accident et la substance. Semblable méprise recouvre des formes souvent insidieuses. Un sourd me dit un jour qu'il était fier d'être sourd. Pour ma part, je ne me suis jamais senti fier ni de mes spasmes, ni de mon handicap. Une seule fierté m'habite : être un homme avec des droits et des devoirs égaux, partager la même condition, ses souffrances, ses joies, son exigence. Cette fierté nous rassemble tous, le sourd comme le boiteux, l'Éthiopien comme le bec-de-lièvre, le juif comme le cul-de-jatte, l'aveugle comme le trisomique, le musulman comme le SDF, vous comme moi. Nous sommes des Hommes !

Tous des « cas sociaux » ?

L'expression est effrayante. Des cas sociaux, j'en ai longtemps côtoyé. Dès que j'aperçois un spécimen, je demeure sur mes gardes. Or, une fois le cas connu, la peur disparaît. Je ne peux d'ailleurs que nous trouver quelques ressemblances. Donc,

comment ne pas m'interroger : « Diable ! Serais-je moi-même un cas ? » et ce voisin avec ses drôles de manières, ce professeur qui récite à haute voix des vers ? Voilà de bien joyeux cas… Et tel écrivain, tel artiste ? La liste est longue… Qui subsistera ?

Chaque homme est, à sa mesure, un cas, une délicieuse exception. Et une observation fascinée, puis critique, transforme souvent l'être anormal en maître ès humanité.

III

De la souffrance
ou l'art de mettre les voiles

En préambule à ses conférences, Paul Valéry aimait à répéter : « Je viens ignorer devant vous. » Excellente entrée en matière pour aborder une réflexion sur la souffrance. Qui peut se targuer de maîtriser quelque sujet et de produire par son discours le moindre effet ? Les mots restent vains face à un corps terrassé par la douleur, à un cœur privé de l'être cher, à une solitude subie au fil des ans. Pourtant, le combat joyeux ne saurait faire l'impasse de la question du mal qui sévit, des tourments qui accablent, des peines qui écrasent. Le *progrediens*, vous, moi, doit proposer une réponse, ou du moins tenter d'en chercher une face à ce qui décourage, meurtrit et blesse. L'espérance qui nous motive ne s'enracine-t-elle pas précisément dans la certitude, sans appel, qu'il faut tirer profit de chaque expérience, et surtout des plus cruelles ?

L'homme est ainsi fait : chaque jour il livre un combat, essaie de survivre, de devenir meilleur, peut-être. Mais que d'obstacles le guettent quand il se heurte à l'ennemie de son progrès, l'unique peut-être : la souffrance qui, avec le désespoir, ronge de l'intérieur, qui étend ses ravages au milieu de la foule comme dans la pièce la plus isolée. Elle semble toujours la plus forte et revêt diverses formes cruelles dont l'opiniâtreté désarme même la sagesse la plus inflexible ! Ici, la notion de mal évoque évidemment autre chose que les petits maux que la médecine – pour notre bonheur – balaie à coups de pilules. En plus des tourments que la psychologie prétend soulager, en quelques séances, existe une souffrance fondamentale qui appartient à la nature humaine et demeure imparable…

On peut cacher cette souffrance ou choisir (souvent avec quelque complaisance) de l'exhiber. Sa force et sa ténacité obligent cependant chacun à se tenir sur ses gardes. L'affronter de face apparaît souvent impossible. Insensible aux expédients, elle persiste comme une marque indélébile qui rend vain l'effort, résiste à toute tentative d'effacement.

*

Le métier d'homme, art de vivre fatal que chacun pratique au quotidien – souvent sans le savoir –, exige par conséquent bien des ressources, une constante ingéniosité déployée pour faire de la vie une victoire, pour assumer sa condition… Voilà la grande affaire qui motive chacun de nos combats et guide ma quête. Je veux donc bien, dès l'abord, avouer mon extrême faiblesse. Parler de la souffrance, pire, la vivre dans sa chair est une épreuve redoutable que le métier d'homme interdit d'éluder. Une personnalité ne trouve précisément sa quintessence que dans la virtuosité qu'elle déploie pour surmonter le mal.

Pour garder sauf l'entrain qui nous anime, il convient de tirer du quotidien et des mauvais jours quelque fécond outil adapté à l'échec. Cette quête fait de l'homme un apprenti emprunté, placé devant une vertigineuse et obscure obligation : faire de sa vie une œuvre, forger une personnalité digne d'assumer pleinement la totalité de l'existence.

Se lancer dans la construction de soi me place devant un abîme car il s'agit avant tout d'exercer sa lucidité, de savoir sur quoi l'on bâtit. Un bref regard sur la condition humaine suffit, en effet, à mettre en lumière son caractère tragique. Alors, résignation ?

Là, précisément, s'amorce ma réflexion sur les blessures, les douleurs, les angoisses, la menace

qui un jour finira par se concrétiser. Marguerite Yourcenar place dans la bouche de l'empereur Hadrien un constat qui situe l'homme : « Quand on aura allégé le plus possible les servitudes inutiles, évité les malheurs non nécessaires, il restera toujours, pour tenir en haleine les vertus héroïques de l'homme, la longue série des maux véritables, la mort, la vieillesse, les maladies non guérissables, l'amour non partagé, l'amitié rejetée ou trahie, la médiocrité d'une vie moins vaste que nos projets et plus terne que nos songes[1]. » Tel est, tôt ou tard, le lot commun, je ne le sais que trop. Mais où chercher les vertus à même d'adoucir la dureté de l'existence et comment forger l'état d'esprit, l'arme à opposer à l'ennemi ?

Peut-être sied-il de partir de l'unique certitude, de la perspective du néant dont nous procédons et vers lequel nous sommes précipités chaque jour ? Au cœur même des réjouissances, le tragique nous précède, tant que nous vivons. Le nier, c'est en quelque sorte le mettre au premier plan. Complice ou adversaire, il constitue la toile de fond, la substance même de ma condition. Un tel constat est évidemment loin de mettre en joie. Pascal l'avait vu. On cherche à fuir le tragique dans les jeux, dans l'action ;

1. Marguerite Yourcenar, *Mémoires d'Hadrien*, Gallimard, 1974.

même l'activité la plus modeste vise à nous en éloigner : tout plutôt que de réaliser que l'homme, voué à la mort, n'échappera guère à sa part de souffrance. Nul besoin de s'appeler Bouddha, ni d'avoir tenu la posture du cobra tous les mardis soir, pour prendre conscience que rien n'est sûr, sinon la mort. Me voilà placé devant l'abîme, seul, sans recours philosophico-théologique. Va-t-on expliquer à une mère éplorée que le tragique visite chaque famille, que tout le monde y passe ? Elle s'en moquera et elle aura raison. Aucun de nos maux n'a d'excuse. Et quand bien même en aurait-il, nous en porterions-nous réellement mieux ? Connaître l'éventuelle utilité de son mal ne soulage guère le malade. Savoir pourquoi la souffrance existe n'adoucit ni les peines du moribond, ni les plaies de l'enfant battu, abandonné. Même théoriquement élucidé, le problème du mal resterait un drame existentiel.

Devant un tel désarroi et sans prétexte à la souffrance, vais-je sombrer dans le nihilisme, abdiquer face à un monde où souffrance et mort triomphent ? Entre illusion et cynisme désabusé, je peux laisser la question en suspens et tâcher de vivre – dégagé, tranquille – mais ma vie l'interdit. Il faut s'engager ou au moins consentir, sinon le combat si exigeant tournerait vite court. Le tragique est là, moi aussi ! Entre deux, tout

reste à bâtir. Il n'y a guère le choix. Ni modèle, ni solution, ni réponse toute faite, ni mode d'emploi ne sont disponibles. Chacun y va à tâtons, essuyant des échecs, bâtissant sur ses ruines.

Du tragique comme source

Parfois se produit le retournement : le tragique instruit. Qui le côtoie se forme. La sagesse fécondée par la souffrance, l'échec ou le tourment, nourrie par les obstacles vaincus au jour le jour, sera sans doute de quelque utilité. Assurément, l'oreille doit se dresser, la volonté se tendre pour que la voix discrète se fasse entendre, pour qu'un espoir rejaillisse là où on l'attendait le moins. Voici donc le premier défi : modeler une vie, sculpter l'existence sur du sable, avec, pour guides, aussi les plus paumés, précurseurs meurtris qui contre toute logique luttent, proposent un sens, fragile, sans cesse menacé. Ils tirent profit de tout, même de la souffrance.

Ce travail procède d'un réalisme froid, tranché. Toute vie est fragile, vulnérable, à la merci du premier incident. Demain, je puis me trouver cloué sur un lit, mourir, perdre un être cher. Une fois né, l'homme est promis au pire. Vais-je en rester là ? Certes, non ! Ce constat sombre mais avisé ne peut qu'être propédeutique : je dois

en assumer le poids ahurissant, puis tenter de le dépasser.

Pour qui se risque à renoncer aux illusions, la précarité même de la vie « risque » de devenir alors une source. Sachant désormais à quoi m'en tenir, me voici obligé d'engager le combat. À nouveau, les plus faibles prennent valeur d'exemple. Chez eux, la vulnérabilité crève les yeux, et ils ne la cachent pas, conscients que la vie s'accompagne irrémédiablement d'un lot déconcertant de souffrances. S'adaptant sous la contrainte, ils mettent tout en œuvre pour percevoir et construire quelque beauté. Il n'y a rien à perdre puisque tout est déjà perdu d'avance ! Tout ce que je construis, je l'arrache, pour un temps, à l'emprise de la souffrance ; toute la joie que je donne, je l'oppose à la tristesse, à la solitude. Rien n'est grave, puisque tout est grave. Chaque minute portant l'empreinte secrète du tragique, de la mort toute proche, il conviendra de l'habiter, d'y placer force et joie. Loin de terrasser, ce constat convie à une légèreté. Aucune naïveté, nulle insouciance dans cet état d'esprit pétri de profondeur.

La légèreté fournit à l'apprenti du métier d'homme un outil bien précieux, une force inédite capable de dynamiter le monde. Fort éloignée de l'optimisme obtus de l'ingénu, elle rend souvent florissantes des solitudes ou des

souffrances surmontées. Sa nature la dépouille de tout artifice, la transforme en une joie qui pressent la précarité de tout. Singulier paradoxe : bien des « bonnes volontés » engagées dans quelque œuvre humanitaire s'initient à cette joie insolite et inattendue sur des terrains qui ne leur annonçaient que misère et désolation.

Qui adopte la légèreté, subtil antidote au désespoir, éprouve les dangers d'une révolte grimaçante, devine que la souffrance ne fait pas que vivre des saints ou des sages. Devenir léger, c'est accepter humblement le sort après avoir tout tenté pour éradiquer son ombre, affirmer une résistance là où priment la révolte et la colère, c'est refuser que la rage ou la haine viennent aliéner la liberté. Être léger, c'est donc recourir de force à la joie contre ce qui aigrit, contre ce qui isole, épauler celui qui souffre pour qu'il ne se claquemure pas dans son mal-être. La légèreté *va contre*, elle *contre* ce qui rétrécit.

Fécondée par autrui, elle peut s'incarner dans le sourire ou la poignée de main que deux compagnons d'infortune partagent pour chasser le désespoir. Elle inspire les paroles d'encouragement, se propage dans l'humour salvateur, libère celui qui lutte contre le désarroi, elle se réjouit du plus infime progrès et ignore le ressentiment qui ne tarde pas à engendrer le mépris de ses semblables. Il est fort délicat de conserver de la

confiance, de maintenir un rapport à soi serein lorsque la maladie, le désespoir s'installent ; bientôt, avec le mal, c'est la vie tout entière qu'on haïra. En dépit des envieux, des grincheux ou des vengeurs, l'adepte de la légèreté relève donc le défi d'accueillir l'existence, de l'embellir chaque jour. Sur son chemin, la présence de l'autre consolide sa persévérance. Dès lors, pour assumer une difficulté qui désarme, il s'ouvre et consent à trouver une aide, à risquer la rencontre.

La légèreté oblige aussi à ne pas sombrer dans la haine de soi. La force qui résiste à cette sinistre menace éclaire parfois le visage des souffrants. À contempler leurs traits, on puise un encouragement. Mais le vainqueur se trouve souvent dans le mauvais camp : alors le mal triomphe et engendre des personnes blessées, tristes, fermées, acariâtres.

Oui, il faut le postuler, ce sont des victimes dont les sautes d'humeur et le repli sur elles-mêmes trahissent surtout l'impuissance. Socrate disait que « nul n'est méchant volontairement ». Oui, derrière la méchanceté – si l'on creuse – se trouve presque toujours une plaie ouverte, la frustration de l'échec. Les bouddhistes ont illustré magnifiquement cette douloureuse dialectique ainsi : lorsqu'un homme te bat avec un bâton, tu n'en veux point au bâton. Il t'a frappé, certes, mais ce n'est pas lui le responsable.

Réfléchis ! L'homme qui t'agresse, pas plus que le bâton, ne mérite ta colère, ta haine. La blessure, voilà la vraie coupable, celle qui instrumentalise l'homme aussi bien que le bâton. Le message de cette fable s'applique à merveille à la souffrance et constitue une nouvelle invite à la tolérance.

Quoi de plus ridicule que la peur d'une souris ? Une phobie qui prête à rire peut détruire, anéantir l'individu. Vécue de l'intérieur, elle risque de prendre des dimensions insoupçonnées, révéler la solitude du souffrant.

On ne perçoit que des bribes de l'angoisse subie par l'autre, de la douleur d'un malade, on ne pressent que la présence. Si la joie, le bonheur se partagent aisément, la souffrance répugne, elle fait honte et isole. S'y greffe dès lors une autre torture : être jugé, incompris, porter seul un poids trop lourd quand plus que jamais une écoute amicale allégerait le tourment. Se mettre à la place du souffrant, voilà un exercice ardu. On peut au moins être là, tenter de réconforter, et surtout s'abstenir de juger. Dans la souffrance, une présence, aussi discrète soit-elle, surclasse – et de loin – les discours qui prétendent tout maîtriser. Un regard, un sourire, un mot, voilà ma part d'action. Tâche difficile que celle d'assister impuissant à la ruine d'un être aimé, de tenter de trouver le geste qui réconforte, tandis que le désespoir l'emporte ! Le sourire fragile, la parole

indécise, le soutien arrachés au prix de mille efforts paraissent vains, mais s'ils manquent, c'est que manque l'essentiel.

D'une gratuité insignifiante (ou le profit joyeux avant tout)

Pour vivre, l'homme absorbe de la nourriture, la chose est entendue. Que dire du contact, des liens qui nous lient aux autres ? Dans le malheur, rien de plus précieux que la présence d'un être cher, l'écoute d'un proche. Sans ce soutien, l'homme cesse de croître, il dépérit. Mais le commerce avec autrui – par ailleurs si fécond – peut constituer un cuisant obstacle au progrès. Victime de la moquerie, des jugements, des condamnations, celui qui souffre s'enferme pour éviter toute nouvelle attaque. Ressentiments, amertume, solitude, honte, le tout finit par sécréter une carapace bien solide qui achève d'atrophier la sensibilité. « Protège-toi ! Blinde-toi ! », voilà le cri du cœur meurtri. Rassuré, me voici bientôt autiste, sous une carapace. Dans ma *forteresse vide,* imperméable à la tendresse, je demeure insensible à la blessure, à la moquerie. À trop vouloir fuir la méchanceté, la cruauté de certaines rencontres, je me coupe de l'affection, d'un réconfort. En me protégeant à l'excès des

regards qui condamnent et humilient, je finis par fermer aussi les yeux qui aiment.

Pour celui qui ne jouit plus de l'aisance, de la liberté, de l'état d'esprit nécessaires pour la surmonter, la souffrance n'est qu'une atroce nuisance. C'est pourquoi il faut savoir compter sur autrui pour être capable, dans une situation difficile, de trouver les ressources pour en tirer profit. Le rôle vital de l'autre dans une épreuve ne saurait toutefois occulter un devoir premier : tout mettre en œuvre pour supprimer la souffrance.

Répétons-le ! La souffrance ne grandit pas, c'est ce qu'on en fait qui peut grandir l'individu. Nul besoin de souffrir pour s'épanouir, nul besoin de connaître l'isolement pour apprécier la présence de l'autre. D'éminents chercheurs ont dépensé temps et énergie à vanter les mérites de l'épreuve, les bienfaits de l'échec. Il faut faire ses expériences, dit-on. Certes, mais les accumuler ne suffit pas. On risque de trouver dans cette rhétorique une invitation à la fuite, un prétexte futile pour infliger des peines. Par un jeu de mots (*ta pathémata mathemata* : ce qui fait souffrir nous enseigne), les Grecs ont tenté de forger une attitude, bien plus subtile, à opposer aux tourments, à ce qui blesse et détruit. J'y trouve un outil. Nommée *algodicée*, elle part de l'expérience que voici : rien de pire qu'une souffrance gratuite, absurde, dépourvue de sens. Alors que la jeune mère oublie

allégrement les douleurs de l'enfantement, que le trophée du vainqueur fait disparaître courbatures et égratignures, les souffrances gratuites et stériles ne s'effacent jamais. Elles nous dépossèdent, nous privent peu à peu de la liberté. Ainsi, face au scandale et surtout à l'absurdité de ce qui fait mal, les Anciens convient à tout mettre en œuvre pour rendre fructueux le moment douloureux. Il ne s'agit pas de courir à la recherche du danger, ni de se vautrer dans la souffrance, mais celle-ci s'imposant d'en profiter ! Cioran donne un éclairage : « La souffrance ouvre les yeux, aide à voir les choses qu'on n'aurait pas perçues autrement. Elle n'est donc utile qu'à la connaissance, et, hors de là, ne sert qu'à envenimer l'existence[1]. »

Rien ne contredit plus l'*algodicée* que la résignation béate des fatalistes qui, devant la souffrance des autres, se voilent les yeux et ne font rien, de ceux qui, condamnant des victimes, ont tôt fait de les taxer d'incapables et oublient que la souffrance pèse, alourdit, engourdit. Trop souvent elle anéantit. À quoi bon jeter l'opprobre sur celui qui baisse les bras ? Avant d'accuser la victime et prétendre qu'elle se complaît dans la souffrance, peut-être convient-il de s'assurer si ce que l'on qualifiait de complaisance ne relève pas, en ultime analyse, d'un désespoir abyssal. Prisonnier

1. Cioran, *De l'inconvénient d'être né*, Gallimard, 1990.

de la douleur, on perd aisément l'espérance et la force requises. Et chacun peut sombrer du jour au lendemain. On pourra ainsi toujours se demander pourquoi Primo Levi s'est suicidé après avoir tant lutté pour sa survie. On rapporte également que des prisonniers de guerre ne tardèrent pas, après leur libération, à commettre le geste fatal. Se peut-il que la routine, les creux du quotidien privent de l'essentiel : savoir pourquoi lutter, connaître sa raison d'être ? Doit-on comprendre que trop de lutte épuise et tue ?

Reste la souffrance qui terrasse, sur laquelle l'homme n'a aucune prise. Ne la réduisons pas par de vains discours. La souffrance *en soi* demeure injustifiable ! Elle n'enseigne rien à qui n'est que souffrant. S'il est indécent de faire l'apologie de la souffrance, les questions demeurent. Ici, encore plus qu'avant, une prudence extrême est de mise. Pour partir en quête de réponses – mais sans risquer de sombrer dans un silence d'abdication –, est-il bon d'avouer ma gêne et mon ignorance ? Celle-ci, immense, me porte à diriger mon regard vers les autres, c'est un fait. Si, fort heureusement, personne n'est *docteur ès souffrance*, certains individus m'en apprennent davantage que bien des ouvrages ampoulés sur le sujet. C'est vers eux que je veux me tourner pour le fabuleux défi de l'*algodicée*. Ne l'appliquent-ils pas déjà sur le terrain de la vie

quotidienne ? Chacun apporte ainsi son sens à la souffrance. Pour tenter de le trouver, je pressens, pour ma part, que seul je ne puis rien. Il me faut donc trouver les armes que d'autres ont forgées, leur emprunter les outils du combat. La souveraineté de la joie peinte sur des visages meurtris par la douleur, voilà un remède ! Quand bien même j'aurais tout, je serais un être inachevé si cette joie me devenait étrangère. En lisant Bergson, j'ai trouvé une lumineuse confirmation : « La joie annonce toujours que la vie a réussi, qu'elle a gagné du terrain, qu'elle a remporté une victoire : toute grande joie a un accent triomphal[1]... » Ainsi la joie annoncerait-elle toujours le triomphe ? Paradoxe ! Souvent elle s'impose pleine et entière chez ceux que d'aucuns prennent pour des ratés, des moins-que-rien, des laissés-pour-compte, des « légumes », des malades. La vie a donc réussi ; là, dans la souffrance, dans l'incertitude, l'existence gagne bel et bien du terrain. Mes références sont trouvées, voilà des êtres qui tentent d'opposer au mal une réponse enviable.

Ne reste plus qu'à me mettre à leur école. D'abord, ce qui frappe, c'est leur réalisme. Loin de fuir dans l'illusion, ils affrontent la réalité au jour le jour avec humilité et humour. Difficile de

1. Henri Bergson, *L'Énergie spirituelle*, Alcan, 1929.

conserver ces deux atouts alors que tout va mal ! Pourtant, rien n'est plus précieux. S'il est un nouveau concept qui occupe aujourd'hui maintes discussions, c'est bien celui de *résilience*, à savoir la faculté de s'en sortir en dépit des adversités. L'*algodicée* me semble procéder de cette force à l'œuvre chez les plus faibles, ceux que la vie a érodés. D'ordinaire, on considère les individus meurtris avec pitié. Leur handicap, pense-t-on, les voue forcément au malheur, leur cécité leur interdit la joie, leur maladie les prive de tout. Mais qui s'approche d'eux, qui fait le premier pas devra sans doute réviser son jugement. Un état d'esprit insoupçonné l'attend. Pourquoi ne pas s'en inspirer ? Je me souviens volontiers de l'allégresse que nous partagions, mes camarades et moi. Pour célébrer une victoire, chacun de nous hurlait (le mot est faible). On hurlait pour une lettre d'un ami trouvée dans la boîte aux lettres, à l'occasion d'une rencontre, à l'écoute d'une bonne nouvelle. Se méprend qui réduirait à de la puérilité pareille manifestation de joie. Elle révèle simplement un étonnement permanent, un sentiment de reconnaissance.

Lorsqu'on consent à lutter avec le quotidien, on finit inévitablement par se dépouiller, l'essentiel requérant une sorte d'ascèse de chaque instant. L'*algodicée* est d'abord l'espérance exigeante que l'épreuve qui m'accable ne m'anéantira pas. Je me

dois de lui opposer une résistance, de poursuivre à tout prix l'exercice de ma liberté, de ne pas me laisser vaincre afin de conserver ma joie comme une arme indispensable. Quelle délicate prouesse pour celui qui est frappé d'une maladie dégénérescente ou pour celui qui parcourt l'existence sans le soutien de personne !

Cioran a vu juste. Si la souffrance envenime l'existence, elle enseigne aussi. Mais comment, à mon tour, pratiquer l'*algodicée* ? Les faibles me montrent que tirer profit de la souffrance, c'est d'abord profiter, jouir de la vie. Célébrer ce qui en fait le prix.

*

Ce jour-là, un foyer pour personnes handicapées mentales m'invite pour une conférence. On vient me chercher à la gare, me conduit au foyer. Je m'installe dans une chambre. Le cafard m'envahit. Le passé, les dix-sept ans d'institution reviennent avec force. Dehors, les cris, les rires. Je ne peux me soustraire à l'angoisse. Je sors. De joyeux individus m'accueillent. Une jeune femme me plaque ses deux mains sur les épaules et lance : « T'es mignon, toi ! » Je souris, incrédule. Je bois un bol de chocolat. Les pensionnaires s'activent pour que l'hôte ne manque de rien et ils déploient avec abondance leur affection. Je suis apaisé.

Bientôt, les liens se créent. Vite, on va à l'essentiel, laissant là tous les vernis sociaux.

Le soir, je parle de Nietzsche, puis on danse, on rit. Ma partenaire dans sa joie brise son talon aiguille arboré seulement pour les grandes occasions. Débarrassée des escarpins, elle repart de plus belle. La fête bat son plein. Mon séjour se transforme peu à peu. Ces hommes, ces femmes qui peut-être représentent une honte pour leur famille m'enseignent à jubiler devant la vie, à prêter une subtile attention à l'autre. La souffrance est là, omniprésente. Mais les pensionnaires pratiquent le rire, cultivent la joie, l'amitié. La souffrance ici resserre les liens, force à inventer, à trouver le bon geste, l'attitude juste. Fasciné, je quitte le foyer. Dans le TGV, des cadres avec attachés-cases, des hommes, des femmes. Je traverse les wagons, titubant à cause de la vitesse. Ici, les visages tirent la gueule. Je perçois que le foyer est une exception avec ses rites, ses coutumes, ses pratiques, sa vie, ses êtres heureux par décision.

*

Si je me sens impuissant à l'endroit de ma propre souffrance, l'aide que je reçois m'invite à prêter attention aux blessures de ceux que je rencontre. Ainsi l'*algodicée* requiert ce va-et-vient

salvateur qui seul permet de relever le défi ultime, sans cesse d'actualité : lutter contre le mal et profiter de chaque instant pour progresser. Nietzsche écrit : « J'entends dans la douleur le commandement du capitaine de vaisseau : *amenez les voiles !* L'*intrépide navigateur homme* doit s'être exercé à orienter les voiles de mille manières, autrement il en serait trop vite fait de lui, et l'océan l'aurait bientôt englouti[1]. » Dans *le Gai Savoir*, le philosophe ajoute toutefois qu'il est des « hommes héroïques » qui entendent le commandement contraire : lever les voiles.

1. Friedrich Nietzsche, *Le Gai Savoir*, in *Œuvres complètes*, Robert Laffont, 1993, t. 2, livre IV, § 318, p. 187.

salvateur qui seul permet de relever le défi ultime, sans cesse d'actualité : lutter contre le mal et profiter de chaque instant pour progresser. Nietzsche écrit : « J'entends dans la douleur le commandement du capitaine de vaisseau : *amenez les voiles !* L'intrépide navigateur homme doit s'être exercé à orienter les voiles de mille manières, autrement il en serait trop vite fait de lui, et l'océan l'aurait bientôt englouti[1]. » Dans *Le Gai Savoir*, le philosophe ajoute toutefois qu'il est des « hommes héroïques » qui entendent le commandement contraire : lever les voiles

1. Friedrich Nietzsche, *Le Gai Savoir*, in *Œuvres complètes*, Robert Laffont, 1993, t. 2, livre IV, § 318, p. 18[illegible].

IV

Du corps

Ce que le corps apprend

Nietzsche a encore raison… Puisqu'on a « la philosophie de sa personne », le corps joue un rôle décisif dans la construction de soi et mérite toute mon attention. Envisager le corps après avoir abordé le problème de la souffrance reflète fidèlement l'expérience quotidienne : un obstacle se présente-t-il et le corps se montre aussitôt oppressant et massif. C'est que la souffrance (qui dévoile nos limites) place au cœur de ma quête le corps, compagnon noble qui cependant ne m'est pas toujours apparu comme tel.

Il s'impose en force : siège de la douleur, dispensateur du plaisir, fondement de l'être, le corps constitue une véritable conquête. L'apprivoiser, l'habiter peut-être, voilà encore une tâche impartie à l'apprenti qui se lance dans l'exercice du métier d'homme.

En naissant, chaque être humain hérite d'un corps, dirait La Palice. À de rares exceptions, tout le monde a deux mains, une bouche et deux oreilles… Mais précisément, c'est le corps qui fait aussi de chacun un être unique. Nul ne me ressemble, nul ne vit mon existence. Par un jeu de mots radicalement dualiste, que seule permet la langue grecque : *to soma estin hemin sema*[1], Platon veut faire du corps le tombeau de l'âme. En cela le philosophe me soutient-il dans ma quête ? Je tiens pour ma part à me référer au « légume », à celui qui *a priori* n'apparaît que comme un corps emprisonné, dépossédé de ce qui fait la grandeur de l'homme. Le « légume » ne parle pas, ne fait rien, il gît. Son énigmatique figure servira-t-elle de référence pour vérifier si le Grec dit vrai ?

On s'étonnera sans doute de me voir utiliser, pour parler du corps et l'apprivoiser, le modèle du « légume ». J'emploie ce terme dans sa crudité (sans jeu de mots) car les euphémismes ne sont pas de mise pour désigner ces personnes. Le mot trahit aussi tout le malaise, l'incompréhension, le dégoût qui leur sont associés. D'ordinaire, pour faire l'éloge du corps, on évoque l'image du sportif et du mannequin. Je cherche au contraire dans le « légume » ce qui fonde notre nature, je découvre dans sa constitution débile les pistes

1. Platon, *Gorgias*, Le Livre de poche, 1997.

d'une réflexion qui permet de cibler les prodiges que réalise le corps et de discerner la merveille qu'il représente.

*

Au fond du lit, des yeux humides fixent le plafond, le visage moite et grossi émerge des draps blancs. Une main raide reste parfaitement immobile pour ne pas entraver l'œuvre dérisoire du goutte-à-goutte. Dans la salle froide, au milieu des malades, je perçois le caractère sacré de l'être humain, du corps qui le constitue. Le corps à l'agonie que la vie déserte par petites étapes sournoises m'installe dans un sentiment étrange de respect.

Malgré la fragilité de l'existence, malgré mon corps tôt ou tard voué à un sort semblable, je sens naître une joie discrète. Moi, je vis et je peux encore lutter envers et contre tout. La chair qui vit ses dernières heures, les yeux bien-aimés qui vont bientôt se clore, l'espèce de sourire qui erre sur un visage déjà abandonné de toute force m'apprennent le respect. Le corps ne se réduit pas à un objet. Le sourire arraché au prix de grands efforts provient d'un cœur déjà lointain qui jadis a accompagné mes peines et mes joies. Le malade qui marche trop tôt vers la mort me lègue en héritage une redoutable exigence : jouir de mon corps.

*

Un « légume » impose toujours à l'apprenti qui se lance dans l'étude du métier d'homme de prendre conscience de l'importance du corps, il l'invite à cesser d'en faire un objet de gêne, ni de culte d'ailleurs. À une époque où, comme le prétend l'historien Antoine Prost : « Avoir honte de son corps serait avoir honte de soi-même », le « légume » reste un scandale pour la raison. Mais qui côtoie les corps blessés pressent que l'être humain est son corps, mais que son corps est autre chose que lui.

Non, l'amas de chair nauséabond, les membres raides et immobiles ne résument pas le malade. Non, l'individu ne se réduit pas à la somme de ses actes. Si le « légume » ne produit rien, s'il ne gagne rien, en est-il moins homme ? Juger, sans autre forme de procès, seulement à l'aune de l'efficacité immédiate ravale la plupart des êtres faibles au rang de bons-à-rien.

La honte qui entoure le corps malade échappe d'ailleurs bien souvent à celui qui est bien forcé d'en jouir. Au milieu d'amis, frappés eux aussi par un dysfonctionnement physique, le corps lent ou difforme n'inspire nul opprobre. Il intrigue certes, mais jamais ne s'installe le malaise, jamais ne règne la moquerie. Membres atrophiés, prothèses,

infirmités, voilà leur pain quotidien. Or, dans cet univers particulier, chacun de ces corps meurtris révèle une originalité. Curieusement, leur caractère unique convie encore au respect car chaque corps, aussi défectueux soit-il, appartient à une conscience toujours en lutte, toujours dirigée vers le progrès, à une source où puiser de la force pour mener à bien un combat joyeux.

C'est ici que le « légume » prend toute sa saveur. Quand sa volonté le porte à cent lieues, quand sa pensée l'élève vers d'irrésistibles promesses, son corps reste cloué, demeure là. Pourtant le sourire, la bonne humeur que ne peuvent divulguer ni un mot ni un geste, tout en lui célèbre le corps sans jamais l'abaisser. À son contact je comprends moi aussi que, handicapé à perpétuité, il me faut composer avec les mains trop gourdes, une voix qui déclenche le rire chez plus d'un, les jambes qui m'interdisaient jadis les jeux partagés avec les enfants, décidément trop lestes, de mon village.

Comment ne pas admettre que ce corps, même abîmé, m'assure d'éminents services ? Le « légume » m'en convainc pour de bon et de façon définitive : je me réjouis et parviens, grâce à lui, à mesurer le prix de pouvoir marcher, le bonheur de parler, d'ouvrir difficilement un tube de dentifrice ou de monter dans un train.

Or, un danger menace : m'estimer chanceux, n'est-ce pas taxer le « légume » de malchanceux et ainsi ne pas lui reconnaître une infime possibilité de bonheur, ne pas voir dans sa joie une invite à la jubilation ? L'exemple de l'aveugle qui à cause de son handicap développe un toucher extraordinaire est aussi mauvais : faire de la cécité une occasion d'exploiter des facultés supérieures ne saurait diminuer la peine qu'une telle privation engendre. Loin de moi donc l'idée de célébrer le handicap ou l'impuissance, de crier haut et clair que l'épreuve grandit. Pour qu'elle grandisse, je l'ai dit, une constellation d'aides est requise. La peur de devenir un « légume » par accident hante encore certaines de mes nuits.

*

Aimer un corps qui offre mille joies et en accepter un qui accuse une déficience nette, voilà qui est radicalement différent. Un corps qui n'est pas comme celui du voisin intrigue et choque. L'épreuve du regard – si dure – invite alors à emprunter des chemins de traverse. Éviter la foule, rester assis, immobile… Somme toute, assis, de dos et de très loin, je ne présente, pour ma part, aucun dysfonctionnement. Asservi de la sorte au regard d'autrui, je nie peu à peu au corps le droit d'être différent. Enfant, j'évitais les

cours d'école. Les groupes d'adolescents – si prodigues en moqueries, si meurtriers pour une sensibilité déjà fragile – m'obligeaient à la dissimulation. La peur des blessures, le souci de me préserver contrariaient fortement ma liberté, et le mépris du corps risquait alors de primer. C'est ici que le « légume » me rappelle à l'ordre. Certes, il ne choisit guère d'habiter un corps réduit, dépendant ; son unique choix porte sur la façon de l'habiter. Pour lui, assumer cette condition résulte d'un état d'esprit bien plus subtil, mille fois plus audacieux qu'une fuite devant des regards stupidement niais.

L'attention au corps ne saurait cependant se réduire à une esthétique du paraître, à une technique autosuggestive visant à se sentir bien dans sa peau. De telles expressions épidermiques me donnent de l'urticaire. Trop souvent elles supposent, en effet, un rapport au corps qui tend à le faire entrer dans un moule, oblige à effacer les points sombres, à gommer les différences.

*

Celui qu'on réduit trop facilement à un tube digestif vient par conséquent nuancer des idées assassines comme « un esprit sain dans un corps sain ». Bien sûr, ce proverbe entend décrire un idéal vers lequel se diriger. Mais que dit-il du « légume » ?

Ma manière d'être, mes opinions ne prennent-elles pas naissance dans les replis de ma chair? Le corps influe sur ma vision du monde. On pense toujours avec un vécu, avec son histoire. Même la personnalité la plus éthérée plonge d'obscures racines dans l'expérience d'un corps, d'une chair. Angoisses, peurs, désirs, convictions s'enracinent au plus profond de l'être et prennent naissance dans le corps, qui garde mémoire de tout. L'individu obtus, au comportement peu louable, l'angoissé chronique qui prête à rire luttent peut-être contre vents et marées pour surmonter une épreuve qui marque pour la vie. Pour ma modeste part, reste simplement à poursuivre le long travail qui fait du corps un allié fidèle, un ouvrier qui œuvre à notre bonheur.

Esprit né avec un corps secoué de spasmes, le « légume » pense. Par une curieuse alchimie son corps malade parvient à produire des idées limpides et à développer un état d'esprit libre de tout ressentiment. Il peut ainsi dépasser la révolte et exercer une liberté qui risque de lui permettre d'assumer jusqu'au bout sa précarité. Chaque victoire arrachée au déterminisme de la chair blessée renforce le consentement du corps livré aux soins d'autrui. Le « légume », de façon singulière, devient alors comme une source d'où sourd parfois un réconfort, même pour celui qui, jouissant pleinement de ses facultés, en mécon-

naît le prix et le sens. Rien ne s'oppose davantage à ce consentement que la passivité et la résignation. La liberté à l'œuvre participe de la lutte, d'une acceptation chèrement conquise, sorte de « dire oui » joyeux. Conscient de la difficulté du combat, chacun cherche ses armes. La plus belle consiste sans doute à rire de soi, à ne pas prêter le flanc au mépris de sa faiblesse.

Je vois encore ce corps forcément docile, allongé, tandis qu'on finit sa toilette, je le vois souverain dans sa vulnérabilité. Les bras immobiles, les lèvres closes communiquaient la joie, l'espérance et la force de tout le corps. On tentait d'y répondre par une caresse délicate, en ne percevant que trop bien qu'on profite peu du corps capable d'exprimer ce qu'aucune parole ne dit jamais.

Platon avait-il tort ?

Comme l'esprit, le corps travaille à la grandeur de l'homme.

V

Ce qui déforme

Dressé derrière un comptoir, j'accueille le flot de touristes qui emprunte quotidiennement le col du Grand-Saint-Bernard. Ce jour-là, un groupe venu d'Ukraine visite l'Hospice et son musée. Une danseuse aux cheveux roux et bouclés m'offre un sifflet de porcelaine que mes doigts manipulent avec le plus grand soin. La porcelaine virevolte, s'engouffre dans la bouche. Dans ma joie, je siffle à tue-tête. Le soir venu, dans le silence, la crainte me gagne. Je sens, logé sous la langue, un aphte. Et je me souviens de la mise en garde. Enfant, j'avais pris connaissance de l'existence d'un fléau qui se propage par le sang : le sida. Les bribes que mes jeunes oreilles avaient jadis recueillies sans les comprendre me font redouter le pire. Je porte l'angoisse une année durant, sans mot dire. Les jours se succèdent, les tourments demeurent. Un symptôme bénin apparaît-il, je l'attribue au mal qui pourrait œuvrer en moi.

Enfin, une publicité vient bêtement soulager la peur. Je compose un numéro de téléphone. Une voix blasée répond. J'expose le problème : « J'ai sucé le sifflet d'un autre et je crains pour ma santé. » Que dire de la perplexité de la voix devant le sens du mot « sifflet » ? Le malentendu vaguement dissipé, je me réjouis de la nouvelle ; mes jours ne sont pas comptés. Le poids insensé de cette angoisse infantile dissipé, la douloureuse méprise cesse sa torture.

La peur m'aurait-elle métamorphosé ? Dès les premières heures de l'existence, l'être humain se forme. Pour le petit être jeté dans l'existence, tout est formation, apprentissage. Il s'agit de développer ses facultés pour ne pas périr. Hélas, la quête s'arrête souvent là où commence l'âge adulte. L'habitude s'incruste, les réflexes opèrent, on se déforme, on est déformé… La construction de soi n'échappe pas à la règle. Devant la complexité de la tâche, je suis tenté de baisser les bras, alors que nul autre combat ne nécessite plus de soin. Chaque pratique réclame des compétences, exige un dur labeur. Socrate – avec l'insistance que seul donne un fervent espoir – conviait les Athéniens à se désintéresser des mesquines préoccupations pour s'attacher au véritable objet de conquête, le *souci de soi*.

Fidèle à mon vieux maître, je veux l'écouter et partir à la recherche de ce qui forme et déforme.

Chaque jour, je le pressens, je dois bâtir un autre rapport au monde, aiguiser mon regard, chercher comment conduire l'existence pour faire démentir les implacables prédictions qui peuvent peser sur une vie déformée par l'obstacle, la crainte et la faiblesse. Voilà peut-être l'ultime audace qui dévie des voies trop vite tracées. Le travail qu'appelait de ses vœux le va-nu-pieds d'Athènes relève d'une exigence vitale : apprendre à rester debout dans l'adversité, chercher le moyen d'établir des liens avec ses semblables, habiter les instants creux du quotidien. L'exercice est durablement périlleux.

Emporté dans un périple que je n'ai nullement choisi, j'assiste, souvent désarmé, aux événements qui s'enchaînent. Maintes fois, j'essuie des revers qui blessent. Suis-je pour autant condamné à un déterminisme qui ferait de l'homme le fruit des circonstances ? Les coups du sort me marqueraient-ils irrévocablement ? Je dois me former.

Deux êtres humains sont encore, paraît-il, suffisants pour faire un enfant. Balivernes ! Il en faut bien davantage. Il y a les rencontres qui intriguent, marquent et bientôt transforment, les personnalités qui fascinent et désorientent les destins. Dans ses *Pensées*[1], Marc-Aurèle consigne tout ce qu'il doit aux autres. Liste longue… Pour

1. Marc-Aurèle, *Pensées pour moi-même*, GF, 1992.

qu'elle soit exhaustive et fidèle, une bibliothèque entière suffirait à peine. Sous la plume de l'empereur romain, je devine que l'homme ne se construit que dans la présence de l'autre. Plus haut, en évoquant mes compagnons de combat, je suggérais combien ils m'ont constitué et soutenu. Quand l'existence cesse d'aller de soi, lorsque rien ne semble évident, la grande affaire consiste précisément dans le bon usage de ce monde dangereux et complexe. Observer l'autre peut devenir un recours pour celui qui se noie dans l'incompréhension ou se perd dans les plis de sa vulnérabilité.

Quand la volonté se brise devant la vanité de mille conquêtes quotidiennes, un regard vers un compagnon de combat procure de nouvelles ressources. L'autre, considéré ainsi comme un coéquipier, devient une référence, non pas le modèle que je dois suivre à tout prix, mais un être qui détient un atout qui s'avérera peut-être utile. Rencontrer devient dès lors l'occasion de façonner les outils pour forger une individualité.

L'éducation ne procède-t-elle pas de l'absorption ? L'autorité véritable d'un maître ne se fonde-t-elle pas avant tout sur le sentiment singulier qui porte à désirer devenir comme le maître ? Mais le maître ainsi entendu ne se rencontre pas nécessairement parmi ceux qui passent pour l'être. La lecture des penseurs contribue aussi à l'édification

d'une singularité. L'auteur que je découvre rejoint son lecteur dans son humanité : pour parler comme Pascal « ce n'est pas dans Montaigne, mais dans moi, que je trouve tout ce que j'y vois[1] ». Il a connu les joies de la nature humaine, ses peines, il a affronté la solitude, surmonté l'échec, éventuellement proposé une réponse à la mort. Il a souffert d'une rage de dents, pleuré la trahison d'un ami, craint pour sa peau. Aussi, lorsque je le sollicite, je rencontre un être de chair qui, comme moi, a pris part à la longue suite des activités humaines. Dans ses écrits, il me montre comment il a assumé sa condition et m'invite à assumer la mienne. Ainsi, je me forge grâce à autrui. L'un pratique un humour qui assurément me plaît, celui-ci jouit d'une confiance que j'estime. La sérénité de celui-là me fascine. Tous dessinent l'idéal auquel j'aspire. Augustin confirme : en me conviant à « devenir ce que je suis[2] », l'autre révèle ma nature.

Les *travailleurs sociaux* méconnaissent parfois ce paradoxe. Aujourd'hui, il est par exemple de bon ton de prôner, dans le milieu éducatif, l'autonomie à tout prix. Cette démarche rompt radicalement avec une éducation qui assistait les individus. On s'efforce de nos jours à rendre indépendante la personne. De ce principe appa-

1. Blaise Pascal, *Œuvres complètes*, Seuil, 1963.
2. Augustin, *Confessions*, Seuil, 1982.

remment frappé au coin du bon sens, d'aucuns déduisent, sans nuances, que toute demande d'aide, que tout aveu d'impuissance ébranlent et asservissent, et c'est ainsi que l'on a bien trop vite fait de célébrer *celui qui se bâtit tout seul.*

*

« La philosophie est fille de l'étonnement[1] », proclame Platon. Cette filiation, j'ai dû, à mon grand étonnement, la vérifier à profusion…

Au sortir de l'internat, j'ai rencontré l'inconcevable étrangeté là où je n'attendais, à bon droit, que la norme. Je croyais être formé. Assurément, je n'étais qu'un déformé parmi tant d'autres. D'abord, le rapport à l'autre avait changé. Pour m'y adapter, je me suis donc plongé dans l'étude des codes sociaux ; j'observais sagement et devinais peu à peu les règles qui semblaient régir le comportement de mes nouveaux camarades. Parfois, la naïveté persistait, je m'avisais alors auprès d'un ami. Ainsi devant la perplexité qui me gagna lorsqu'un camarade m'avoua avoir consacré le samedi soir à « lever des poules », j'enquêtai et appris, ahuri, que le *don Juan* sévissait sur d'étranges volailles.

1. Platon, *Théétète*, GF, 1982.

Évidemment, le manque de repères ornithologiques pesait.

Les « professeurs d'intégration » abordent dans leurs doctes analyses mille détails, ils oublient seulement (avec une persistance qui les honore) les bagatelles qui constituent l'essentiel des propos tenus dans la cour de récréation. On reprocha donc bientôt à l'original qui s'écriait : « Qui est cette Dorothée dont tout le monde se rit ? » d'ignorer les rudiments, ces riens que tout écolier se doit de maîtriser s'il veut le respect de ses semblables.

J'ai vécu comme un défi cette période d'adaptation où l'adolescent se redéformait. La vie *extra muros* me trouvait désarmé, agité de mille peurs. Lors de mon séjour en pension, j'avais contracté une sorte de maladie : la méfiance tenace à l'endroit du monde. Mon emménagement dans un studio en ville s'accompagna inévitablement de quelques appréhensions. Bien sûr, il fallut trouver une astuce adaptée à tous les obstacles. Le combat, formateur, s'annonçait toutefois sous les meilleurs auspices, même si chaque difficulté exigeait force préparatifs… Un beau jour, une boîte de ravioli vint ruiner mes efforts. Récalcitrante, elle résistait, la conserve ! Après lui avoir asséné des coups à tuer un bœuf, après avoir été réduit à projeter le potentiellement savoureux projectile contre les murs de la cuisine, je me

heurtai à un cuisant échec. Surmontant ma rage, je dus présenter l'objet à un voisin, démarche, vu l'état de la boîte, déplacée. On la jeta en moins de temps qu'il ne fallait pour l'ouvrir, on m'en offrit une autre en me priant à l'avenir de bien vouloir accepter de l'aide. L'impuissance me rapporta donc un bon repas. Et c'est ainsi qu'une nouvelle amitié naquit.

Un proverbe africain dit : « La main qui donne est toujours placée au-dessus de celle qui reçoit… » et, à tort, on m'a appris à ajouter : « … et l'humiliation n'est pas très loin. » Souvent, les stéréotypes, toujours déformateurs, sévissent. Malentendus et craintes compliquent les relations. D'abord, notre rapport au monde procède par réductions. Chaque jour, je dois recueillir, trier, sélectionner des informations en fonction de ce qu'il faut pour vivre. Ce travail oblige à fixer les priorités, à cibler les urgences. Je ne puis tout voir, tout comprendre, ni tout faire. J'organise alors mon monde, apposant sur la réalité des étiquettes, des mots à telle enseigne que bientôt je ne verrai plus qu'eux.

Les Anciens voyaient dans l'expérience le début de la sagesse. Pourtant, elle peut aussi amener à réduire l'être qui nous fait face à une étiquette : l'étranger, l'Ukrainienne au sifflet, l'ouvreur de boîte de ravioli… Mon histoire m'a sensibilisé à certains mots trompeurs. Souvent, je

procède par raccourcis ou analogies, je projette, je déforme, je me mets à la place de l'autre. Le danger est évident : attribuer aux autres les caractéristiques de mon monde mental. Chacun est le fruit d'une histoire, d'un vécu particulier. Dans un univers de boiteux, celui qui marche droit passe pour anormal. Tout dépend des références de chacun. Longtemps, j'ai cru que les enfants naissaient nécessairement avec un handicap, visible ou non. Je me suis habitué, dès les premières minutes, à déceler la faille de mes nouvelles relations. La déformation opérait.

Outre la culture et les préjugés ambiants, le passé qui nous fonde influence le regard. Comment ne pas le subir ? Une mémoire qui n'oublie rien semble œuvrer à notre insu, se souvient des peines, se rappelle les pleurs. Ainsi l'enfant qui a essuyé nombre d'échecs aura peine à envisager l'avenir. Pour chaque joie, il craindra un retour de manivelle. Qui lutte au quotidien développe peu à peu la faculté d'anticiper les coups et, souvent, se prépare au pire. Les biographies les plus riches s'enracinent sur d'anciens fantômes qu'il s'agit de dompter. Ce dressage réclame un combat sans répit qui risque fort d'épuiser l'individu déjà fragilisé et l'empêche à coup sûr de goûter au repos. Difficile d'envisager la vie sereinement lorsque les revers de la fortune ont jalonné une enfance ! « Au réveil, si je me lève sans souci, je passe les

premières minutes de ma journée à trouver un motif de tourment. Car une journée sans souci me fait peur. » Ainsi parlait un ami inquiet. Les échecs créent des êtres sans cesse aux aguets.

Dis-moi tes soucis et je te dirai si tu disposes d'une confiance primitive. Pour se détacher peu à peu de sa mère, l'enfant doit bénéficier d'une confiance qui lui permet d'affronter les peurs et de partir à la découverte du monde. Plus tard, à l'école, l'enfant fournit un effort, non seulement pour progresser mais aussi pour s'attirer une bienveillante attention. À quoi bon se surpasser si le progrès laisse indifférent ? Tout est ainsi lié au grand moteur, l'affection. Un pensionnaire chronique d'une institution s'exprimait à l'aide de pictogrammes. Privé de l'usage de la parole, il pointait avec son orteil de petits signaux qui constituaient son langage. Parmi les centaines de cases à disposition, on pouvait lire : médecin, logopédiste, physiothérapeute, ergothérapeute…, yaourt, sieste. Un observateur sensible aurait tout de suite constaté une cruelle absence : « papa », « maman » n'apparaissaient pas sur le tableau qui devait fournir les outils destinés à exprimer le monde. Derrière ce petit exemple se cache un drame répandu : affronter un monde, privé d'affection.

Aujourd'hui, alors qu'on a coutume de rappeler que le professionnel de l'éducation doit afficher une distance dite thérapeutique et prétendue

féconde, il est bon de célébrer les mille bienfaits de l'affection. J'imagine la douleur, l'extrême désarroi d'un enfant avec pour seule perspective l'internat, le home à perpétuité. S'ils affichent la distance thérapeutique, les rares humains qui l'entourent le privent de l'essentiel, de la *nourriture affective* à partir de laquelle se développe une personnalité. Une telle privation marque un individu et l'imprègne pour la vie. Le passé finit alors par devenir un poids, un ensemble de réflexes qui programment, dénaturent et déforment la personnalité.

Quand la solitude, la méfiance, l'angoisse règnent, le monde prend une teinte funeste que seul un long travail de re-formation parvient peu à peu à dissiper. Partir dès lors à l'école de la vie, c'est se dépouiller, plonger dans le passé pour en tirer mille enseignements, laisser là le fardeau de l'échec, le poids des trahisons. Il convient de reconsidérer les faiblesses avec une exigeante indulgence. Ainsi, après avoir revisité ce que jadis nos jeunes oreilles ont appris, soupesé toutes les valeurs pour ne garder que celles qui grandissent, apprécié avec émerveillement les surprises et les richesses qui habitent un cœur, peut-être serons-nous prêts à savourer les joies, à affronter les peines, avec une légèreté formatrice.

VI

Mon semblable qui me veut différent

Sans l'autre, je ne suis rien, je n'existe pas. *Autrui* me constitue comme il peut me détruire. Derrière le mot, pompeux et galvaudé, se cachent mille visages et sourires, une multitude de relations possibles. Bien que je sois seul pour l'essentiel – je souffre seul, je mourrai seul –, la présence de l'autre jalonne mon existence.

Merleau-Ponty[1] souligne l'empreinte que l'homme laisse sur le monde : où irais-je pour que mes oreilles puissent se vider des rumeurs humaines ? Partout, on trouve sa trace : une bouteille vide, des rails de chemin de fer, tout rappelle l'omniprésence de l'autre, mon semblable. Semblable ? Encore et toujours le paradoxe : l'autre est mon semblable. Pourtant, un gouffre nous sépare. Vu, classé, catalogué *anormal* par le regard des badauds, je ressens avec

1. Maurice Merleau-Ponty, *Phénoménologie de la perception*, coll. « Tel », Gallimard, 1976.

intensité le phénomène. J'ai toujours abhorré les euphémismes : « Jollien, il est différent. » « Différent », le mot n'accompagnerait-il que les tares ?

Un poisson eut jadis la singulière idée de sortir des eaux primitives. On peut imaginer le regard que portèrent sur le prototype les autres poissons, conservateurs, pour qui l'eau confortable représentait la sécurisante et unique mer patrie... Le progrès vit donc le jour grâce à un poisson bien peu ordinaire, sorte extravagante de vilain petit canard des océans. Que penser de ces découvertes fortuites dues à l'exubérance de quelque original très souvent mis au ban de la société ? Il me plaît de songer que, avec son lot de douleurs, la différence engendre de sages inventions. Pour peu qu'on l'assume, elle prend une valeur heuristique. Prendre en charge la marginalité, la considérer comme un terreau fécond contre un conformisme réducteur, promouvoir la différence sans l'exacerber..., tout cela ne saurait cependant masquer la pénible réalité, celle de se sentir, à cause d'une tare vécue dans sa chair, marginal sous le regard d'autrui. Tomber dans l'anticonformisme, par exemple en clamant haut et clair comme je l'ai entendu : « Super d'être aveugle ! », n'est-ce pas donner précisément raison à ceux qui veulent enfermer la différence dans des ghettos ? N'est-ce pas occulter qu'elle ne peut élargir notre vision du monde, à moins que des liens ne se créent entre les individus ?

Je me prends à rêver de milliers de ponts jetés entre les diverses marginalités. Je me souviens de cet ex-toxicomane qui aujourd'hui soigne des enfants malades, je revois ses gestes amples et délicats, la profondeur de ses yeux qui reflètent la joie. Les univers s'approchent, les barrières peu à peu tombent, deux individus meurtris se découvrent semblables devant la différence.

*

La rencontre avec l'autre revêt de multiples formes qui s'enchevêtrent, se superposent, se contredisent : voir l'autre sur le mode de la visite au zoo, ou partir à sa découverte comme on pénètre dans une ville inexplorée. Le zoo, j'ai connu. La différence exacerbe les réactions : pitié exécrable, curiosité malsaine, préjugés, craintes, tout achève de rendre le rapport à autrui aussi artificiel que douloureux. J'ai même appris l'existence d'une sorte de musée, quelque part en Italie, qui exposait jadis la gent boiteuse, défigurée et naine. Vraiment, l'élan qui *a priori* pousse vers l'autre se décline de bien des façons ! Parfois, la méfiance le brise, surtout lorsque la convention ou la dissimulation pèsent de leur réticence inerte. Au moment de la rencontre, mille peurs, mille intérêts entrent en jeu. Quelle peine pour rétablir l'authenticité, pour que tom-

bent les masques ! Bien souvent, il s'agit de casser la glace, d'opposer, d'imposer un démenti à la première impression.

*

Rue de Rennes, je tente vainement d'arrêter un taxi. Les conducteurs ralentissent, observent le client éventuel, puis repartent. Après une longue et stérile attente, je décide de changer de stratégie. Je sors un billet de banque chiffonné que j'arbore fébrilement. L'hameçon s'avère vite efficace. Une Mercedes m'ouvre sa porte. J'indique ma destination. Le chauffeur ne dit mot. Dans son rétroviseur, il m'examine. Pour tuer le temps, je lis *Les Propos sur le bonheur* d'Alain. « Tu sais lire ? » dit-il. J'acquiesce. Le taximan se déride et demande bientôt mon métier. Je lui réponds pour résumer que j'étudie la philosophie. Il se lance alors dans une étrange confession, me confie ses problèmes familiaux. Il exige même des conseils. En dix minutes, le regard d'autrui m'avait confié le statut de débile, puis celui plus épineux… de conseiller conjugal.

La dureté de certains regards contraint à tout mettre en œuvre pour comprendre ce qui se cache derrière les yeux cruels. L'altérité – qui presque toujours s'impose – oblige sournoisement à développer maintes stratégies pour ne pas se laisser

anéantir. Des emplettes, la traversée d'une cour d'école, tout devient un terrain d'entraînement, un champ d'observations et de découvertes. L'épreuve du regard n'est pas toujours aisément vécue ; trop fréquemment elle représente même un drame, et s'en libérer demeure peut-être l'apprentissage le plus délicat.

Lorsque je suis seul au milieu de la foule, quand mes mouvements déclenchent le rire, je comprends combien le regard détermine. L'autre s'impose à moi. Sa présence devient un poids. Comment changer les yeux qui pétillent de moquerie, comment tolérer qu'autrui envahisse ma vie en ne retenant que mon aspect risible ? Les yeux que je vois pour la première fois m'épient, se font ennemis ; s'ils ne me connaissent pas, ils révèlent pourtant la part d'ombre désormais familière, acceptée et constamment surmontée par mes amis.

L'expérience de marginal, l'obligation d'être celui qui révèle la différence, d'être celui qu'on classe comme anormal, résument la complexe problématique. Sa vie durant, il doit tenter d'assumer la particularité, peut-être d'en faire un atout. Mais toujours le regard d'autrui pèse et risque de faire de lui un véritable « taré » social. Et c'est imperceptiblement que, sur la différence ou, pire, sur le handicap, se greffent les difficultés

insurmontables : autrui, fondement de ma vie, devient un obstacle, colle ses étiquettes dont l'effet néfaste blesse pour longtemps. Si le philosophe Alain a raison, si l'on s'empresse de ressembler aux portraits que les autres font de nous, comment le nain se considérerait-il l'égal de l'autre dans un monde où tout crie sa « petitesse » ?

*

Le handicapé ouvre une porte sur la condition humaine. Lui qui, avec une intensité sans pareille, est contraint de soutenir les regards des autres montre au commun des mortels les plaies qui enveniment ses rapports à autrui. En plus de la pitié, il subit l'infantilisation : présente-toi en titubant dans un restaurant, et pour peu que tu affiches l'air absent que donnent des mouvements brusques, le tutoiement t'accueillera ; c'est auprès de la personne qui t'accompagne qu'on s'enquerra du menu que tu as choisi ; par de discrètes attentions, c'est bien elle qu'on félicitera de sa disponibilité ou de son dévouement, supposant sans doute qu'elle travaille dans le « social ».

Semblable humiliation, répétée et répétée, sécrète la méfiance qui trop souvent enferme et rend suspect même le plus amical des tutoiements. Non, les hommes ne sont pas encore tous égaux aux yeux de la société, car certains discours

persistent à installer le pauvre, le handicapé, le malade au rang de malheureux. Or, moi qui suis tout simplement incapable de taper dans un de ces maudits ballons qu'on se dispute sur un terrain de foot, je refuse quand j'accuse la société de marquer mon auto-goal. Qui serais-je pour la juger ? N'en fais-je pas partie ?

Il faut combattre l'idée qui, automatiquement, laisse entendre que chaque handicapé connaît un sort peu enviable. Voilà à quoi doivent contribuer les milliers de différents qui, dérangeant et bousculant les indifférents, sont bien forcés d'assumer leur fragilité avec joie et persévérance et savent aussi jubiler devant la vie.

Tout bien considéré, l'être humain n'échappe-t-il pas par nature à toute définition et à toute norme ? La beauté de chaque individu ne réside-t-elle pas précisément en sa singularité ? Je raconte souvent qu'à ma sortie de l'internat pour « êtres différents », je m'étais livré à un jeu passionnant, une sorte de quête insolite : je voulais enfin découvrir l'être humain normal. Comme mes camarades ne l'étaient sans doute pas, j'imaginais intérieurement que, pour ma traque de l'objet convoité, j'aurais bien plus de chances à l'extérieur… À ce jour, je n'ai pas trouvé. Cependant, je reste d'attaque et suis disposé à examiner toute candidature avec l'assurance amusée de ne jamais parvenir à mes fins.

Après cette découverte de la délicieuse anormalité des hommes, il convient – comme je l'ai souhaité plus haut – de ne pas sombrer dans l'anticonformisme systématique et de se montrer constant. Se libérer du regard qui blesse exige en effet une confiance en soi qui s'acquiert difficilement et risque de s'étioler bien vite devant des regards insistants. Comment faire pour se protéger ? Afficher un stoïcisme complet, se réfugier derrière armure et bouclier, demeurer indifférents à nos congénères ? Le repli ou la fuite, remèdes placebos à l'humiliation, génèrent un mal bien plus grand que la blessure qu'ils devraient soigner. Ainsi, je l'ai dit, celui qui fuit les railleries s'isole et se prive bientôt des sourires qui aiment, des bras qui se tendent. Là encore, nulle solution, nul antidote miracle au problème. Le combat reste inachevé. Chaque jour, il me faut affronter les jugements trop prompts et me remettre en cause. Après vingt-six ans de carrière, je ne m'habitue pas aux regards qui blessent ni ne me résous à pratiquer à mon tour l'indifférence.

L'amitié, rapport privilégié à autrui, est, parmi les outils existentiels, assurément le plus doux. Sel de la vie pour Aristote, elle dispense le réconfort dans l'adversité. Mais l'amitié est exigence. Elle attend tout de l'ami, met tout en œuvre pour qu'il devienne meilleur. L'ami propose une écoute bienveillante, prodigue conseils et soutiens, sauve et

brise les solitudes, parce que de bons camarades se réjouissent ensemble. L'épreuve devrait les trouver réunis. Or il est facile d'être de bon conseil avec un autre ! Mais survient une difficulté dans notre vie, et la sagesse amicale risque de perdre de sa saveur. Difficile de comprendre la souffrance de l'ami sans minimiser la douleur qui le ronge. Dans une de ses lettres à un jeune poète, après avoir prodigué de féconds encouragements, Rainer Maria Rilke avoue avec une surprenante profondeur : « Ne croyez pas que celui qui essaie de vous réconforter vive sans effort parmi les mots simples et sereins qui parfois vous font du bien. Sa vie connaît tant de peines et de tristesses qui le laissent loin derrière elles. S'il en allait autrement, il n'aurait jamais pu trouver ces mots-là[1]. » Pourquoi cette mise en garde, sinon pour une raison paradoxale : il ne faut surtout pas que celui qui souffre aille croire que son ami qui le réconforte est au fond incapable de le comprendre. L'exigence rejoint ici le respect et la compréhension. L'ami exigeant ne condamne point la chute, pas plus qu'il ne tolère la résignation, mais celui qui l'écoute doit s'efforcer de le croire. Curieuse croyance. Singulière exigence qui œuvre, discrète et confiante, qui aide à assumer le poids et la richesse de ce qui nous fait autre.

1. Rainer Maria Rilke, *Lettres à un jeune poète*, Mille et une nuits, 1997.

VII

Le métier d'homme

Sacré métier d'homme ! Joyeux et austère, il réclame un périlleux investissement de tous les instants. Je ne puis le cerner en quelques lignes. Semblable tentative procéderait d'une belle naïveté. Cependant, j'ai essayé à tâtons de trouver les armes d'un combat.

Mon incompétence m'a contraint à traiter sobrement d'un sujet pourtant si vital, si urgent. La difficulté appelle une mobilisation générale : l'existence et ses revers n'attendent guère. Tandis que j'achève l'ouvrage, la complexité du métier m'apparaît avec une vertigineuse clarté. Comment ne pas être terrassé ?

*

Le combat et la joie qui surgissent d'une blessure assumée au quotidien invitent à recommencer sans cesse, à renouveler l'effort, à se remettre en marche et à bâtir sur la faiblesse. Bien des fois,

on l'espère vaincue. On veut se hâter et tourner la page. Mais les plaies reparaissent et traversent l'existence. Et je dois me battre contre l'esprit de pesanteur. Cette gangrène intérieure voudrait suivre des modèles…, se cramponner aux fausses certitudes, prétendre tout maîtriser pour éviter la crainte qu'inspire cet éternel combat.

Sacré métier d'homme, je dois être capable de combattre joyeusement sans jamais perdre de vue ma vulnérabilité ni l'extrême précarité de ma condition. Je dois inventer chacun de mes pas et, fort de ma faiblesse, tout mettre en œuvre pour trouver les ressources d'une lutte qui, je le pressens bien, me dépasse sans toutefois m'anéantir.

« Les esprits valent selon ce qu'ils exigent. Je vaux ce que je veux[1]. » Paul Valéry vient ici à la rescousse en rappelant l'importance de la volonté. La volonté maintient le cap, elle donne la force pour développer de nouvelles stratégies, bref elle interdit d'abdiquer. Sans elle, ni combat ni victoire, l'affaire est entendue ! Pourtant, les difficultés ne disparaissent guère, loin s'en faut. Les blessures accumulées épuisent et me trouvent souvent désemparé et désarmé. Sollicitée à l'extrême, la volonté s'étiole, risque de mourir. Vorace, elle cesse – sans nourriture – d'être motrice. Exigence redoutable, pénible routine, il faut lutter, toujours.

1. Paul Valéry, *Mauvaises Pensées et autres*, Gallimard, 1942.

Le tragique de l'existence rappelle qu'il faut célébrer les occasions de jubiler et de faire jubiler. Offrir la joie là où s'imposent d'aventure la pitié et la tristesse. Lutter pour la vie, ne pas macérer dans le mépris. S'appuyer sur les mille petites joies de notre condition. Le métier d'homme, sujet grave, austère parfois, réclame donc un engagement constant, une légèreté qui veut jeter un regard neuf sur le monde. Regard dépouillé de tout artifice, de toute règle, sauf, peut-être, le précepte de Chamfort : « La plus perdue de toutes les journées est celle où l'on n'a pas ri[1]. » Le rire devient ici, avec la joie, l'arme que l'on oppose au découragement. À la différence de la moquerie, le rire rassemble, réunit, rend plus fort.

Ultime audace, le rire brise la routine et met à distance l'épreuve. À l'institut, l'absence pesait, les interrogations aussi. Les journées apportaient mille difficultés. Mais aucune, selon le critère de Chamfort, n'était perdue. Au contraire ! La vie devient douce grâce à l'humour. Rire et combattre sauvaient nos vies. Et si les deux allaient de pair, s'ils ne pouvaient se passer l'un de l'autre ?

Devant l'effort, lorsque tout réclame un labeur insensé, une seule certitude persiste donc : contre

1. Chamfort, *Maximes et Pensées*, Mille et une nuits, 1997.

tout, avec humour, l'appel du métier d'homme se fait insistant. Au combat donc, car tout est à bâtir avec légèreté et joie !

À la mémoire de mon père.

« La pratique spirituelle, un autre nom pour le métier d'homme »

Entretien d'Alexandre Jollien avec Bernard Campan [1]

1. Comédien, auteur et réalisateur.

Alexandre Jollien : Je viens de relire *Le Métier d'homme* et je suis touché de constater que ce livre, qui a dix ans maintenant, est un peu comme les confessions de quelqu'un qui revoit les grands chantiers de son existence, son rapport au corps, à la souffrance, le joyeux combat de sa vie. Cela apporte un éclairage sur toutes les années qui m'ont formé, et sur ce qui m'a déformé aussi. Aujourd'hui où je suis engagé dans la voie spirituelle, que j'envisage comme un travail ou une œuvre de dépouillement, je m'aperçois que j'avais déjà l'idée que je pouvais être déformé par le diktat du regard d'autrui, par la pression sociale.

Bernard Campan : Tu avais déjà une pratique spirituelle à cette époque, je crois ? En quoi différait-elle de celle d'aujourd'hui ?

A.J. : J'avais une vie de prière, mais ma prière était très intellectuelle. C'était comme si je m'adressais à un Dieu omnipuissant et extérieur à moi. Le travail du zen que je pratique à présent, par

l'intermédiaire de la méditation et des *koan*, est au contraire l'expérience du laisser-être, et il m'a montré un Dieu immensément bienfaisant. Mais entre-temps, depuis *Le Métier d'homme*, il y a eu une étape essentielle : mes premiers enfants sont nés et ils ont introduit une révolution dans ma vie. Ils sont finalement mes maîtres. Avec Victorine, Augustin et Céleste, j'ai appris que je ne peux pas lutter ni tout mettre en œuvre pour qu'il ne leur arrive rien de grave, pour qu'ils soient encore vivants demain. Je peux limiter les dégâts, les risques d'accidents, mais, pour le reste, leur destin m'échappe : il faut s'abandonner à la grâce. Cette naissance fut le premier cadeau de ma vie, cadeau gratuit : la grâce, la vie de Dieu, et cela m'a complètement déconcerté. Parce que, pour une fois, je n'avais pas le plein pouvoir sur mes représentations, je n'étais plus maître du joyeux combat que j'avais mené jusqu'alors.

Très tôt, alors que je vivais dans un institut pour personnes handicapées, l'existence m'est en effet apparue comme un combat : un combat contre la solitude, contre l'arrachement à mes proches que je ne voyais plus qu'une fois par semaine, contre le handicap et la souffrance. Dans le même temps, je remarquais que ces combats s'accompagnaient de progrès, et donc de joie. Spinoza parle remarquablement bien de cela. Il m'inspire lorsqu'il dit que la joie annonce toujours que la vie progresse.

Tout combat peut être accompagné de joie, sauf si l'horizon est complètement bouché. Aujourd'hui, mon combat consiste au contraire à apprendre à ne plus résister au réel, à cesser de lutter. Je peux me le permettre, car l'existence est devenue plus douce avec moi. Mais pour qui a été habitué à l'effort, à la bataille, l'abandon, la confiance, le lâcher-prise ne sont pas donnés. Ils m'ont cependant été offerts par la vie. Désormais, de même que j'avais mes camarades à l'institut, j'ai en mes enfants des coéquipiers. Mais leur naissance, parce qu'elle m'a contraint à renoncer à maîtriser leur destin, m'a conduit vers une philosophie de l'abandon.

B.C. : Ce cadeau de l'existence a donc libéré des choses ?

A.J. : Oui, mais cela a été un accouchement difficile et douloureux. *Le Métier d'homme*, c'est aussi l'apprentissage de quelqu'un qui sort de dix-sept années d'institution et qui est confronté au monde réel – même s'il n'y a pas, comme je l'entends souvent dire, deux mondes, celui des handicapés et celui des autres. Pourtant, quand je suis sorti de l'institut, je vivais dans l'angoisse, j'avais l'impression qu'il y avait du danger partout. Aujourd'hui encore, j'éprouve des relents de cette vieille angoisse. Quand j'étais petit, j'étais protégé par les barrières de l'institut, qui me gardaient à l'abri du monde en quelque sorte. Maintenant que j'en suis sorti, les barrières ont disparu. C'est la liberté totale.

Mais c'est une liberté qui donne le vertige. Et cette liberté vertigineuse est incarnée par mes enfants. Je ne sais rien de leur avenir, je ne sais rien des dangers qui les menacent. Là, ils jouent ; tout à l'heure, ils prenaient un bain. Qu'en sera-t-il dans quelques années ? Et pourtant cette sensation de vertige a été, est déterminante sur le chemin spirituel : les enfants me contraignent, par ce cadeau qu'est leur existence, à abandonner toute illusion que j'ai plein pouvoir sur l'existence. Dans les premiers temps, je ne savais pas en profiter. Aujourd'hui, mon joyeux combat, c'est de me défaire de ce mécanisme qui vise à tout contrôler. Parce que le contrôle est impossible. Maintenant que je suis dans la joie, la vie me paraît encore moins maîtrisable qu'avant, lorsque j'étais dans la solitude et la souffrance.

B.C. : En quoi la pratique spirituelle que tu avais à l'époque relevait-elle de ce désir de contrôler ? S'agissait-il d'une discipline, d'une ascèse ?

A.J. : « Ascèse », *askesis* en grec, signifie « exercice ». En ce sens, qui est aussi celui que lui donnaient les philosophes que j'ai découverts alors, je vivais dans l'ascèse. Or précisément, je suis entré en philosophie pour les exercices spirituels. J'avais lu avec Pierre Hadot que le philosophe, c'est un progressant, un *progrediens*, quelqu'un qui est en chemin. Et cette idée de chemin était magnifique pour une personne qu'on a enfermée dans le handicap et qui n'avait pas d'avenir.

Le premier livre que j'ai lu à l'institut était une introduction aux dialogues de Platon. J'y ai découvert la devise « Connais-toi toi-même », inscrite au fronton du temple d'Apollon, à Delphes, et que Socrate reprend à son compte. Je me souviens, j'étais seul dans le dortoir, c'était le premier moment à moi, hors de la routine et de la collectivité. J'avais ce livre dans les mains et je suis resté silencieux. Puis je me suis dit que désormais, plutôt que de m'adapter à tout prix au monde extérieur, j'allais creuser en moi les questions que mon existence me posait. En quoi cela a-t-il consisté ? À l'époque, j'étais encore loin de chercher à oser l'abandon ; il s'agissait de garder à l'esprit les préceptes des philosophes. Quand je lisais Épictète : « Applique-toi à distinguer ce qui dépend de toi et ce qui n'en dépend pas », ce n'était pas de la spéculation métaphysique mais une chose très concrète : « Qu'est-ce que je dois faire aujourd'hui ? »

B.C. : La philosophie n'a pas été qu'un apprentissage intellectuel alors ?

A.J. : Elle a d'abord été une formation intellectuelle. Essentiellement, j'ai appris à argumenter. Il faut bien dire qu'il s'agissait d'argumenter contre les éducateurs pour défendre ma peau. C'était la première fois que j'osais une parole libre ; la capacité d'argumenter, d'employer des mots clairs et précis m'en donnait la possibilité. Mais la philosophie ne se réduit pas à des concepts. C'est

avant tout la mise en pratique d'une conception du monde. Et ce sont ces préceptes philosophiques – la distinction entre « ce qui dépend de moi et ce qui n'en dépend pas », le « connais-toi toi-même » – que je mettais chaque jour en pratique qui m'ont donné envie d'étudier. Socrate était vraiment devenu un copain. J'avais l'impression d'être mal compris par les adultes et je trouvais en lui un interlocuteur qui m'invitait à être moi-même et qui me donnait une force et un courage pour me libérer de toute tutelle. Platon, le premier philosophe que j'ai lu assidûment, m'invitait non pas à vivre mieux – ça, c'était travailler le contexte : améliorer le handicap, le corps –, mais à me soucier d'être meilleur. Autrement dit, à développer des valeurs en moi : le goût de la vérité, du dialogue, non pas pour convaincre ou terrasser l'adversaire, mais plutôt comme un travail qui aide à venir à soi-même, à développer sa conscience.

B.C. : Quelle est la différence entre l'ascèse d'autrefois, liée à la philosophie, et celle d'aujourd'hui, tournée vers la spiritualité ?

A.J. : Paradoxalement, à l'institut, il n'y avait pas besoin d'une ascèse pour être dans le présent. Je crois y avoir été totalement grâce à Jean, Jérémie et Antoine, qui, à travers leur état d'esprit et leur handicap, étaient totalement dans le présent. On ne se projetait pas là-bas. À la limite jusqu'au week-end, parce qu'on retournait dans nos familles. Mais

l'été d'après, l'année suivante : aucune idée, on ne savait pas. L'ascèse à l'époque était quasiment le contraire de celle que je pratique aujourd'hui : il s'agissait de me stimuler, de voir que la vie n'est pas une fatalité, qu'il faut avoir un regard sur soi pour s'édifier – j'aimais bien ce mot –, pour se construire, devenir pleinement ce qu'on est, se libérer du poids du regard de l'autre qui a trop tendance à nous déterminer. Ce n'était en tout cas pas l'abandon d'aujourd'hui. Et si l'on m'avait alors suggéré cette attitude, accepter mon existence telle qu'elle était, j'aurais pris cela pour de la maltraitance. Et cela aurait équivalu pour moi à baisser les bras.

Je crois pourtant que l'ascèse alors était déjà une forme de confiance. Je me souviens d'un moment particulièrement révélateur à ce titre. J'avais un petit porte-clés en forme de télévision, qui m'avait été offert par ma mère. C'était la seule chose qui m'appartenait à l'institut. Je serrais cet objet bon marché dans ma main en me disant que si ma mère n'était pas avec moi, elle existait pourtant bien. Mais un jour, j'ai posé le porte-clés sur le lavabo et il est tombé par terre. La télévision miniature s'est brisée. J'ai alors fait l'expérience charnelle que ma mère allait mourir, que moi-même j'allais mourir. J'ai éprouvé une solitude totale. J'étais jeune, j'avais treize ans ; j'ai eu très peur. J'ai rejoint le long couloir de l'institut. Il

y avait là trois copains handicapés comme moi, qui gueulaient, chantaient, rigolaient. Ce fut comme si la vie me prenait en charge. Je venais de vivre un épisode tragique, mais j'allais de nouveau de l'avant. Il y avait une forme de confiance spontanée. Aujourd'hui, l'ascèse consiste en un abandon total, si possible à la vie et en Dieu. À l'époque, elle s'exprimait autrement. Je dépendais de tout, j'avais peu de liberté. L'ascèse tenait à ce cadre, elle consistait en une question : que puis-je faire ?

B.C. : De l'exercice philosophique ou spirituel à l'abandon… C'est comme s'il y avait besoin d'une phase de construction pour qu'il y ait ensuite une phase de déconstruction – si l'on peut dire de l'abandon à la vie qu'il est une déconstruction.

A.J. : Oui, ce passage est ce que j'appelle la conversion. Avant la lecture de Socrate et ma petite conversion à la philosophie, j'étais totalement déterminé par ce que mes éducateurs pensaient de moi. Je n'avais aucun objectif pour la vie et aucun goût, du moins très peu, pour l'intériorité. J'étais également très dissipé, sans projet d'avenir. Puis il m'a fallu passer par un projet, devenir philosophe-écrivain – donc faire des études –, puis fonder une famille, pour oser l'abandon « sans but ni esprit de profit » comme dit l'expression zen.

B.C. : À l'occasion de la publication de ton livre

La Construction de soi[1], tu déclarais justement que, jusqu'à son écriture, tu avais travaillé à la construction du soi, et que tu étais désormais entré dans sa déconstruction.

A.J. : Précisément, parce qu'il me semble que, quand on lutte, on doit se bâtir une carapace, une personnalité : se construire. Or aujourd'hui, j'aspire vraiment – et ce n'est pas pour rien que les auteurs que je lis et cite viennent du zen ou de la mystique chrétienne – à faire éclater les représentations de moi et du monde dont j'ai hérité. Maître Eckhart, qui est pour moi un véritable maître de vie, m'apprend à distinguer le moi social, le personnage que je joue quand je suis avec les autres, et le fond de mon être, l'innommable, l'anonyme, ma personne qui échappe à tout étiquetage. Méditer, c'est peut-être descendre à ce niveau de l'être. Le moi m'apparaît comme un lézard. On lui coupe la queue et il continue à s'agiter de plus belle.

B.C. : Il semble que dans un premier temps, comme tu le dis, on ait besoin de projets, qui vont nous permettre d'aller au bout de nos désirs, de nous construire, de faire face à nos peurs, de traverser la vie en conscience et de relever des défis, dont celui d'être pleinement vivant et pleine-

1. *La Construction de soi. Un usage de la philosophie*, Paris, Seuil, 2006 ; « Points Essais », 2012.

ment dans la vie, de construire, sinon un ego fort, du moins le sentiment d'un ego fort. Puis on découvre, on se heurte à notre absence d'unité intérieure, cette foule amorphe dont parle Swami Prajnanpad. Et cet ego n'apparaît alors que comme une illusion. C'en est une en effet de croire qu'on est d'emblée unifié, alors qu'en cheminant, on s'aperçoit qu'il y a en nous ce « parlement à l'intérieur duquel chacun fait entendre sa voix à tour de rôle », comme le dit Alexandra David-Neel, toutes ces voix différentes qui n'expriment jamais complètement notre moi. Ce sont en général des voix de l'enfance, des demandes, des peurs, des désirs aussi. Et la pratique consiste à prendre conscience de toutes ces voix différentes qui crient et réclament, et de chercher leur unité : qui va prendre en considération le petit enfant qui a besoin de reconnaissance, le petit enfant qui a peur de dire non à telle ou telle personne ? Quelle va être la voie permettant d'unifier ces voix ? C'est là que la pratique spirituelle est déterminante. Le disciple en nous, le pratiquant, va regarder avec bienveillance toutes ces parties de nous-mêmes, sans les juger – chaque voix étant comme un petit enfant malheureux –, et les laisser s'exprimer. S'il y a un désir, il demandera simplement : peut-il être réalisé, satisfait ? S'il y a une peur : peut-elle être traversée ? Ce n'est que petit à petit, par rapport à toutes ces demandes, à cette multiplicité de voix, que le disciple va prendre

sa place, qu'il va devenir prépondérant par rapport à toutes les parts de nous-mêmes, au départ d'ailleurs inconscientes, qui nous constituent. L'unité intérieure n'est pas donnée, elle vient peu à peu. C'est le sens de la pratique.

A.J. : Faut-il une expérience marquante pour prendre le chemin de l'unification intérieure ? Je crois que la peur de la mort a été déterminante dans ta conversion.

B.C. : Quand tu as évoqué l'« expérience charnelle de la mort » que tu as vécue en voyant se briser ta petite télévision en plastique, cela m'a fait penser à ce que, dans *L'Art de jouir*[1], Michel Onfray appelle l'hapax existentiel. Il raconte comment un accident grave, vasculaire ou cardiaque, l'a conduit à la prise de conscience de la mort et de notre condition éphémère. Pour moi, cela s'est produit vers 37 ans. J'avais pas mal bu ce soir-là et tard dans la nuit, en regardant je ne sais quel programme inintéressant à la télévision, j'ai eu une fois de plus la sensation – enfin je me suis laissé aller à l'idée qu'un jour j'allais mourir. Et là, cela a été beaucoup plus profond, abyssal que les fois précédentes. C'était une sensation assez récurrente chez moi, je cherchais à la côtoyer, à me confronter à la question : qu'est-ce que la mort ? Mais cette nuit-là, j'ai plongé dans un trou sans fond, comme

1. Paris, Grasset, 1991 ; Paris, Le Livre de poche, 1994.

si je me disais : que je meure là dans les minutes qui viennent ou que je meure dans trente ans, si je continue à vivre de la même façon tout cela n'a aucun sens. Ma quête de sens est venue en effet suite à cette expérience.

A.J. : Qu'est-ce qui a changé alors ?

B.C. : Avant cette expérience, je cherchais à vivre mieux. Après, j'ai cherché un sens. C'est autre chose.

A.J. : Quel a été le déclic pour passer à la pratique ?

B.C. : Ce fut la rencontre avec un livre d'Arnaud Desjardins, *À la recherche du soi*[1]. Et je pense même plus particulièrement, les premières lignes du chapitre qui s'appelle « L'acceptation ». Cela a tout de suite fait écho en moi : l'acceptation de la vie, le oui à la vie... Ensuite, la rencontre avec Arnaud Desjardins lui-même a été déterminante : je me suis mis à suivre son enseignement. Et depuis son décès, en août 2011, je continue. Le oui à la vie a été le déclic. C'est l'un des mots clés de l'enseignement d'Arnaud Desjardins.

A.J. : C'est alors que la pratique s'est installée ?

B.C. : Elle est venue quand j'ai pris conscience de tous les refus que j'opposais à la vie telle qu'elle est. Au départ, les refus on les voit peu. Puis

1. Plus particulièrement le tome 1, *Adhyatma yoga*, Paris, La Table ronde, 1986 ; Paris, « Pocket », 2011.

progressivement, on se rend compte que le quotidien est tissé de refus, ainsi que des petites émotions, plus ou moins subtiles, qui y sont liées. Ma pratique a finalement consisté, au début, à prendre conscience de mon être, du goût d'exister, de vivre, d'être vivant tout simplement. Et de déceler qu'à chaque refus on passe à côté du vivant. Chaque refus est inconscient. Il nous entraîne dans notre propre monde, qui n'est pas le monde réel, dans ce sommeil dont parlent beaucoup les philosophies hindoues : le monde du sommeil, de l'illusion, et de l'esclavage, car on devient alors esclave de son propre monde.

A.J. : Finalement, tu étais dans le non ?

B.C. : Oui… ! Refuser la vie telle qu'elle est, c'est être dans le non. C'est rediscuter en permanence ce que la vie me propose à chaque instant, et par là même résister en permanence au réel. J'ai bien aimé certains passages du *Réel et son double*[1] de Clément Rosset. Il dit qu'on superpose toujours au réel un commentaire qui corrige en permanence le réel en ce qu'il devrait être. L'une des phrases clés de l'enseignement de Swami Prajnanpad pour nous aider à retourner au réel, c'est : « Non pas ce qui devrait être, mais ce qui est. » On est en permanence en discussion avec le réel, en permanence

1. *Le Réel et son double. Essai sur l'illusion*, Paris, Gallimard, 1985 ; « Folio Essais », 1993.

dans : « Ce serait mieux autrement », « Il aurait mieux valu que ça soit comme ça », etc.

A.J. : Mais en quoi c'est mal ?

B.C. : C'est mal déjà parce que cela nous fait du mal. Cela crée une tension supplémentaire. Un de nos amis communs appelle cela une « crise d'impossibilité ». Car on remet en question ce qui est. Et à rediscuter sans cesse ce qui est, on ne peut qu'être dans une perte d'énergie énorme, une usure considérable. Alors que si c'est ce qui *est*, c'est indiscutable. Voilà, en ce sens déjà, c'est mal. En outre, on risque de rester enfermé dans ce processus, parce qu'on peut toujours argumenter intellectuellement : « Mais je sais bien que la réalité est comme ça. » Et là, on peut être prisonnier d'une illusion très subtile : « Je comprends bien la réalité, et je l'accepte. » Sauf qu'on est dans une sorte de résistance qui est la résignation et pas l'acceptation.

Alors qu'être dans le oui, c'est s'ouvrir à ce que la vie est, à ce que la vie nous propose, à la fois extérieurement – les faits, les événements, les situations – et intérieurement – les émotions, les humeurs. Le non à la vie, c'est le non à la vie tout entière : à l'extérieur de nous telle qu'on la conçoit et à l'intérieur de nous telle qu'on la reçoit.

J'étais dans un commentaire permanent de la vie qui résistait à ce qu'elle me proposait. Et tout à coup, j'ai senti que je pouvais cesser de résister et aller dans son sens. Changer radicalement de

direction. Comme quand on est à skis, et qu'on tourne ses deux skis l'un après l'autre dans la direction opposée.

A.J. : Dans *Le Métier d'homme*, je croyais que c'était le moi qui acceptait le réel. Et depuis que je pratique la méditation, depuis que nous discutons ensemble, je constate que, pour accepter, il n'y a rien à faire. C'est quand les refus se dissipent que l'acceptation vient. À l'institut, je m'insurgeais contre cette acceptation. Mais maintenant, je la comprends. C'est tout un cheminement qui m'a conduit à comprendre que l'acceptation n'est pas un travail mais une œuvre qui se fait malgré nous et en nous.

B.C. : Oui, au départ, je pensais également que c'était le moi qui devait accepter. Aujourd'hui, je vois que le travail se passe plutôt dans l'effacement du moi. Le refus doit tomber, céder, pour que l'acceptation se révèle. Comment… ? Déjà, en faisant la différence entre accepter et se résigner. Cela a été énorme pour moi de découvrir cela. Peut-être n'avais-tu pas fait cette distinction lorsque tu étais à l'institut ? Tu te rebellais contre une « acceptation » que tu confondais avec « résignation »… ?

A.J. : Pourrais-tu dire quelle est la différence entre les deux ?

B.C. : Accepter n'est justement pas se résigner devant un fait. Ce n'est pas du fatalisme. C'est au contraire partir de la réalité, de ce qui est, non

pour la transformer mais pour agir mieux. Mais il est clair que la distinction entre acceptation et résignation est très subtile. De toute façon, un chemin, une pratique, c'est aussi une progression, on affine petit à petit sa compréhension. Au début, on croit qu'on accepte, alors qu'on est dans la résignation. Tant qu'il y a un moi qui accepte, il y a probablement plutôt une résignation. C'est l'évidence, le fait de voir les choses telles qu'elles sont, le fait qu'elles s'imposent à nous dans l'évidence de ce qu'elles sont, qui conduit à l'acceptation.

A.J. : Et l'acceptation t'a fait vivre différemment la souffrance ?

B.C. : Oui. Déjà, si l'on prend l'acceptation de soi, qui est peut-être le premier pas à faire. Aller vers la connaissance de soi, et prendre en considération la souffrance. Accepter ce que l'on est, accepter nos souffrances. Cela n'a rien de doloriste. Il s'agit simplement d'accepter la personne en nous qui souffre, qui souvent est l'enfant. Et l'accepter, ça veut dire l'aimer. Il n'y a pas d'acceptation sans amour et pas d'amour sans acceptation. Et il n'y a pas de connaissance sans amour non plus. S'aimer et s'accepter, c'est la même chose. C'est à un moment avoir un regard vrai, lucide et indulgent sur ce que l'on est : sur nos souffrances, nos mécanismes, sur tout ce qui nous constitue, le plus souvent d'ailleurs sans que l'on en ait conscience.

A.J. : J'ai l'impression que ta pratique spirituelle consiste à démonter les mécanismes qui nous aliènent, nous empêchent d'être libres. Comment les voit-on ?

B.C. : Je pense que cela démarre par le corps, la respiration notamment. La respiration, c'est ce qui nous anime de la naissance jusqu'à la fin de notre vie, c'est l'énergie. Et elle est indissociable de notre corps, de la sensation que nous avons un corps, que nous l'habitons. Sentir qu'on respire, sentir son corps, sentir, par exemple, qu'on a les deux pieds sur la terre ou les fesses posées sur une chaise : avoir le goût de soi-même en somme, c'est quelque chose que je ne connaissais pas avant de découvrir l'enseignement d'Arnaud Desjardins. On parle dans le christianisme, paraît-il, de la présence à soi et à Dieu. Dans mon cas, on peut enlever Dieu pour l'instant, mais la présence à soi, c'est une expression et une expérience extraordinaire. Sentir qu'on est présent à soi, c'est sentir qu'on est présent à la vie. On peut passer toute sa vie en étant extérieur à soi. Il faut vraiment faire, et renouveler, l'expérience de sentir qu'on est là, vivant.

Dans cette conscience-là vont commencer à surgir nos mécanismes inconscients. On va commencer à les voir de manière plus claire. Je me souviens d'une des toutes premières fois où, d'un geste anodin – mais rien n'est anodin sur un chemin

spirituel –, j'ai pris conscience d'un mécanisme auquel j'obéissais sans le savoir. J'étais en train de lire un ouvrage d'Arnaud Desjardins dans un café. Et en quittant la table, j'ai retourné le livre du côté de la couverture. Pourquoi ai-je fait cela? Pour qu'on voie ce que j'étais en train de lire, tout simplement. Il y avait une demande dans ce geste pas anodin du tout: « Regardez ce que je suis en train de lire. » Ce sont ces petites choses-là, des détails aussi infimes, qui m'ont montré que mon existence était tissée de petites réactions inconscientes. Dans le fait de retourner ce livre, c'était mon inconscient qui s'exprimait.

A.J. : Ce n'est pas s'embarrasser davantage encore que de se poser toutes ces questions? N'est-ce pas commenter la vie?

B.C. : Non, justement. Si on en fait un objet de réflexion ou de savoir extérieur à soi – pourquoi ai-je fait ceci ou cela? –, on peut vite être pris dans la pensée, le jugement, et ne pas s'en rendre compte. Et là pour le coup, on s'embarrasse, et cela peut durer éternellement. C'est d'ailleurs ce qui se passe parfois, j'ai l'impression, dans les cures de psychanalyse. Elles peuvent nous permettre de comprendre parfaitement la façon dont on fonctionne, mais le problème, c'est que le poids de ce qu'on est continue de peser. Il ne faut donc pas faire de soi, de nos gestes et de nos actes, quelque chose d'extérieur à soi; il s'agit juste de se voir, et

avec beaucoup de compassion. Car on est très dur vis-à-vis de soi-même. Cela aussi, on le découvre. On se demande beaucoup et on se juge très violemment, en permanence. Alors qu'il s'agit juste de voir ce qui se passe, que ce soit une pensée, un geste, une réaction, sans juger. Se voir, *voir*. Pour se libérer des mécanismes qui nous dirigent comme si nous étions leurs marionnettes, alors que nous croyons connaître les motivations de nos actes et de nos choix.

A.J. : « Voir » est donc un autre mot-clé ?

B.C. : Dans l'enseignement d'Arnaud Desjardins, on fait une différence entre voir et penser. Voir se passe de commentaire, justement. Il s'agit de faire un état des lieux, de constater, alors que penser, c'est faire un commentaire sur ce que l'on voit. Une phrase magnifique de Swami Prajnanpad dit cela très bien : « Vous pensez que vous voyez et vous ne voyez pas que vous pensez. » Là, on est au cœur de l'enseignement, de la différence entre acceptation et résignation.

A.J. : Et comment sort-on de la pensée ?

B.C. : Déjà, en voyant qu'on pense. C'est tout le cœur de la méditation, voir qu'on pense. On n'est pas conscient du flot de pensées qui nous anime en permanence, et on ne le devient que lorsqu'on se pose et qu'on médite. La méditation, c'est la clé pour découvrir notre incessant commentaire intérieur.

A.J. : J'ai rencontré Jacques Castermane[1] il y a six ans je crois, et il m'avait fait faire l'expérience d'entrer une minute en méditation, c'est-à-dire d'observer mes pensées. Cela m'avait paru une éternité. Je n'avais absolument rien ressenti. Aucune révélation, aucun apaisement. Trois ans plus tard, il donnait, près de mon domicile à Lausanne, une journée de méditation zen. Je me suis prêté aux exercices qu'il proposait. Pour la première fois de ma vie, j'ai senti dans mon cœur, et dans mon corps surtout, la paix, la joie, le calme que je cherchais jusque-là avec avidité – presque comme un alcoolique aspire à boire – dans la philosophie.

B.C. : La méditation, c'est une expérience qui peut nous rapprocher du corps que l'on est, que Karlfried Graf Dürckheim distingue du corps que l'on a.

A.J. : Oui, il les distingue sans les opposer. Avant la rencontre avec le zen, je parlais beaucoup de mon corps comme de quelque chose d'extérieur à moi que je devais presque oublier pour aller vers les verts pâturages de l'esprit, gambader dans la philosophie comme un gamin, comme le petit enfant qui ne pouvait pas jouer au football et qui avait trouvé dans les livres de vastes champs où il

1. Jacques Castermane est l'auteur notamment de *Comment peut-on être zen ?*, Paris, Les Éditions du Relié, 2009.

pouvait courir – seul certes, mais au moins courir. Donc le corps que l'on a, c'est quand même un corps qu'on s'imagine avoir. C'est comme une image de soi, qui n'est pas vécue de l'intérieur.

B.C. : Et cela crée une dualité.

A.J. : Oui, et une tension : je dois m'adapter, je ne suis pas vraiment établi dans mon corps, je cherche l'approbation d'autrui sur celui-ci et cela me fait souffrir.

Je vais de temps en temps chez un ami croque-mort. Il m'a beaucoup aidé à accepter mon corps. Je me souviens particulièrement de cette femme de 101 ans qui reposait dans un cercueil. La vie s'était retirée de son corps mais son visage imposait le respect. Toute une existence, que je devinais immense, m'invitait à profiter de la mienne. J'ai ressenti profondément que chaque seconde est sacrée. Le corps de la défunte avait été aimé, chéri. Accompagné par « mon » croque-mort, si j'ose dire, j'ai aussi pris conscience que, malgré les injustices, nous étions égaux face à la mort. De nouveau, j'ai senti que j'oubliais le corps, que je le négligeais, alors que je lui devais ma vie. À un autre moment, alors que je m'étonnais que mon ami ne mette pas de gants pour toucher une morte, il m'a dit : « Cette femme était dans les bras de son fils il y a deux heures. Pourquoi enfilerais-je des gants ? » J'ai quitté la morgue ce soir-là en touchant mes mains, mon visage, avec une infinie

reconnaissance. Mon corps meurtri m'apparaissait comme un miracle, un don, pas comme un dû. Cette expérience magnifique, douloureuse, a été un moment d'ouverture à la confiance, à l'abandon. Ainsi j'apprends à la fois à ne pas m'identifier à l'enveloppe handicapée de mon corps et, grâce à la méditation zen, à l'habiter pleinement, sans le distinguer de ce que je suis. C'est l'expérience du corps que l'on est.

B.C. : Dans l'enseignement que propose Arnaud Desjardins, on ne peut pas dire que la méditation soit incontournable. L'enseignement d'Arnaud Desjardins consiste d'abord à voir les choses telles qu'elles sont, de façon factuelle, sans les « arranger à notre sauce ». Swami Prajnanpad nous propose de nous poser la question suivante : « Que dit la vérité, que dit notre mental ? » Mais bien sûr, on est encouragé à méditer. Et depuis deux ans maintenant, progressivement, la méditation s'implante dans ma vie, devient plus régulière et surtout indispensable, si l'on peut dire. En tout cas, je sens que j'en ai de plus en plus besoin et que ça me fait du bien. J'y retourne parfois plus par plaisir que par devoir.

A.J. : De mon côté, j'ai besoin de méditation. Je m'impose une heure de méditation par jour, et je suis résolu à le faire. Parce qu'il y a peu de choses qu'on contrôle dans la vie, et que la méditation, c'est un oui total à ce qui arrive. Cela reste

pourtant davantage une discipline qu'un plaisir. Le plaisir vient après, il vient par surabondance. Quelqu'un me disait qu'il médite comme il se brosse les dents, il s'y met chaque jour sans se poser de questions. Je trouvais cela bizarre au début, mais c'est vrai. Maintenant, je médite deux fois une demi-heure quotidiennement. Je ne le fais pas par hygiénisme, mais parce que j'ai confiance dans le fait que cela m'aide à devenir moi-même. Bien que, sur le moment, j'aimerais faire des tas de choses autres qu'être allongé à voir passer les idées et à essayer de reposer dans la vacuité.

Je ne cherche pas le sensationnel dans la méditation, je n'en reçois donc pas une gratification immédiate. Pourtant, cette pratique apaise considérablement mes angoisses. Je suis quelqu'un, vu mon parcours, qui a beaucoup d'angoisses au sujet de sa santé. Lorsque je médite, l'angoisse est là, mais elle ne m'atteint pas. Et cette expérience est extraordinaire. En revanche parfois, il y a l'ennui, et lui m'atteint beaucoup. Pour moi, la méditation, c'est l'apprentissage de la gratuité : être là pour rien. Et c'est dans le rien que se révèle la vie.

B.C. : Oui ! Quand j'ai demandé à quelqu'un qui suivait l'enseignement d'Arnaud Desjardins avec moi ce qu'il faut faire pour méditer, il a réfléchi quelques secondes, puis m'a dit que la première chose, c'était d'accepter d'avoir un quart d'heure à perdre. Comme quoi, on est toujours

dans la logique de gagner quelque chose. Et sur un chemin spirituel, on veut aussi gagner quelque chose, on veut gagner la paix, on veut obtenir un résultat. Cette petite phrase m'avait presque déçu mais elle m'avait ouvert une porte. Pour méditer, en effet, il faut s'asseoir, puis se dire que, pendant un quart d'heure, pour commencer, on ne va pas bouger, on va se détendre. Et pendant ce temps-là, ce qu'on peut faire, c'est juste prendre doucement conscience qu'on respire. C'est un miracle à côté duquel on passe toute la journée, et à côté duquel on peut passer toute sa vie. Et paisiblement, en sentant notre respiration, on va voir les pensées arriver et surgir de façon incessante, par flots successifs. Il s'agit de ne pas bouger, de rester attentif à ces pensées et d'essayer de les voir sans être happé par elles. Une conscience émerge alors, qui regarde passer ses pensées sans s'identifier à elles – comme un nuage qui passe dans le ciel… sans nous faire oublier le ciel.

A.J. : Tu médites presque tous les jours. Où trouves-tu la force de la régularité ?

B.C. : Je la trouve depuis peu, parce que tout cela évolue bien sûr, en me flagellant moins quand je ne suis pas régulier. Quand j'ai raté une méditation, je n'en fais pas un drame ou je ne me le reproche pas. Au contraire, c'est un point d'appui pour retrouver avec joie la méditation suivante. Parce que vraiment, plus je médite, et plus je

cherche à trouver du plaisir dans la méditation. Un jour, quelqu'un m'a dit que la méditation n'est pas un devoir et qu'elle devrait même être comme une friandise. Si en effet elle n'a pas le goût de quelque chose d'agréable, c'est qu'on est dans la mauvaise direction. Évidemment, il y a un effort à fournir, mais il faut que cela reste agréable.

A.J. : Il faut de la volonté, tout de même ?

B.C. : Non. La volonté est un mot-piège. Parce qu'il n'y a vraiment qu'un pas de la volonté au volontarisme. Il est facile de juger l'autre sur ses faiblesses et d'affirmer : « Avec un peu de volonté, il (elle) pourrait s'en débarrasser. » Pour avoir bien approché le monde de l'alcoolisme, je me suis rendu compte que la volonté n'y a pas sa place. Au contraire, l'alcoolique se réveille tous les matins en disant : « Aujourd'hui, je ne bois pas, je vais trouver la volonté de ne pas boire. » Et une heure, deux heures, cinq heures après, il boit. Et cela dure des années comme ça. C'est un enfer. Il s'accroche à cette volonté. Et le jour où il dépose les armes devant l'évidence qu'il ne peut pas parvenir à son but par la volonté, alors autre chose peut surgir. L'effort est différent de la volonté. Et il y a bien un effort, le goût d'un effort à trouver, cela je ne le nie pas.

A.J. : C'est un effort en effet de « tenir » la pratique, d'être régulier, de ne pas se laisser emporter par l'émotion, d'être fidèle au désir profond qui

nous habite. L'effort est peut-être plus détaché de son fruit que la volonté. Avec elle, soit je renonce à un objet pour un autre, soit je suis dans un état d'extrême tension tant que je n'ai pas obtenu ce que je veux. Il me semble que l'effort réside dans le concret de l'exercice spirituel. Il consiste peut-être à se demander : qu'est-ce que je peux accomplir ici et maintenant ? Vers quel état précis, la détente par exemple, je peux tendre ? – plutôt que d'être ligoté à un but qui nous aspire. Et vraiment, avant la découverte de la méditation, j'avais l'impression d'être le siège d'un vouloir-vivre tenace qui me faisait rouler comme une toupie et désirer sans trêve une chose après l'autre. Je crois que tant que l'effort démarre du moi, il est épuisant. S'il provient du fin fond de la vie, il n'y a pas d'épuisement. Parce qu'alors toute l'énergie est consacrée à l'acte et qu'il n'y a pas de déperdition vers d'autres objets inessentiels.

Certes, si je n'avais pas eu la volonté de m'en sortir, je serais mort. Mais aujourd'hui, j'apprends qu'on peut vouloir des choses sans quitter la présence. Pour moi, la clé de la pratique spirituelle, c'est à la fois être dans l'abandon, c'est-à-dire dans le lâcher-prise, et éminemment actif, comme un sage peut l'être. Le sage sait répondre exactement et dans l'instant aux exigences de la vie. Il ne s'agit donc pas d'un laisser-aller ni d'une démission, mais au contraire d'être totalement dans l'instant présent.

B.C. : L'effort, la tension se manifestent en vue du but que l'on veut atteindre. C'est paradoxal, car ce but il faut bien le définir, il faut qu'il soit clair ; et en même temps, il ne faut pas s'y raccrocher. Là est la difficulté. Pour moi, en tout cas, c'en est une. Parfois le but n'est pas si clair que cela, et je me perds. Seulement quand il devient plus clair, je veux l'obtenir et je m'y accroche. Or ce n'est pas la bonne pratique.

On peut penser au pèlerinage. Si le pèlerin parcourt chaque étape en se disant qu'il faut qu'il parvienne à son terme, qu'il arrive à son but, il n'y a plus de pèlerinage, il n'y a plus de chemin.

A.J. : Le but n'est pas un but, c'est pourquoi je l'appelle un but. C'est la phrase du soutra du Diamant : « Le Bouddha n'est pas le Bouddha, c'est pourquoi je l'appelle le Bouddha. » Une belle incitation à ne pas se fixer. Le but n'est peut-être pas celui que je crois. Et si j'en vise un, je passe à côté. C'est comme lorsque j'avance dans un jardin potager et que je veux manger la première tomate qui a poussé. Je n'ai que ça en tête. Obnubilé, je passe à côté des myrtilles, des groseilles, etc.

Le but n'est pas un but, c'est pourquoi je l'appelle un but : j'ai une direction, mais je reste ouvert à tout ce qui se présente à moi, et j'en jouis. On peut avoir un but sans y être ligoté, c'est-à-dire que notre bonheur ne dépend pas de son

accomplissement. Se passer de but, en revanche, me paraît impossible. Parce que, sans but, on est mort.

B.C. : La phrase qui m'aide davantage, tirée de la *Bhagavad-Gîta*, est : « Vous avez droit à l'action mais pas au fruit de l'action. » Il est de notre devoir de tout mettre en œuvre, de tout faire pour aller vers le but. Mais qu'on l'atteigne ou pas, cela ne nous appartient pas. C'est l'histoire du comte Dürckheim qui arrive au Japon et qui rencontre un maître de tir à l'arc. Il s'est déjà exercé à cet art et le maître lui dit : « Montrez-moi ce que vous savez faire. » Alors il prend son arc, se place à un certain nombre de pas de la cible, le nombre de pas où il sait qu'il va bien tirer, prend tout le temps qu'il lui faut pour s'installer dans la bonne position, ajuste et tire la corde… Et au moment où il sent qu'il est prêt, qu'il va pouvoir lâcher la flèche pour atteindre la cible, le maître lui baisse le bras d'un geste vif. « Pourquoi m'arrêtez-vous alors que j'allais toucher la cible ? » demande Dürckheim. « Justement », lui répond le maître. Tout est là ! Éviter que l'ego ne récupère le geste, tout le travail fourni. Se décrisper, se détendre par rapport au but, ça appartient à Dieu. Par contre, ce qui m'appartient, c'est de tout faire, de tout mettre en œuvre pour me rapprocher du but.

A.J. : C'est ça le paradoxe. Il faut aspirer à un but pour s'en défaire. Ne serait-ce que de n'avoir aucun but est un but. J'ai des buts, je n'ai pas de

buts, la réalité est beaucoup plus complexe que cela. On peut avoir des buts sans être aliéné au résultat. Un homme sans but, je ne sais pas si ça peut exister. Ne serait-ce qu'en levant ma tasse de café, j'ai le but de boire. Mais être aliéné et que la qualité du présent dépende de ce que j'ai accompli auparavant, cela ne peut être.

*

A.J. : As-tu constaté des changements sur le long cours depuis que tu as commencé à suivre les enseignements d'Arnaud Desjardins ?

B.C. : Oui, il y a une transformation. Quelle part appartient à la vie elle-même ? Quelle part à la pratique ? Je ne peux pas le dire, car la vie nous transforme, c'est certain. Toutefois, il y a bien un changement et, le plus important, c'est peut-être justement que j'accepte le changement. Et le fait qu'il vienne en dents de scie. Je crois que c'est une illusion de penser que les progrès se font en montant les marches une à une. Cela me rappelle cette phrase de je ne sais plus qui, que j'avais découverte alors que je travaillais sur un scénario : « Le progrès, c'est avancer de mille pas et reculer de neuf cent quatre-vingt-dix-neuf. »

A.J. : Oui, le philosophe Amiel disait : « Mille pas en avant, neuf cent quatre-vingt-dix-neuf en arrière. C'est cela le progrès. »

B.C. : Tenir la pratique, suivre l'enseignement le plus authentiquement possible, avec le plus d'intégrité possible, cela porte ses fruits au fil des années. Mais c'est irrégulier. Il faut accepter de se perdre par moments, de plonger à nouveau dans le sommeil, pour parler en termes de sommeil et d'éveil. Cela peut durer de longues périodes. Parfois la pratique disparaît pour mieux revenir ensuite. Tomber sept fois et se relever la huitième, c'est cela la pratique. Le progrès consiste justement, petit à petit, dans les moments où on est « en bas », à ne pas s'identifier à cet état – j'appelle cela la « désidentification » –, ou en tout cas le moins possible. Mais également de moins m'identifier aux moments où je suis en haut, pour éviter les grands écarts.

A.J. : Mais tu profites tout de même de ces moments-là ?

B.C. : Oui, il s'agit de les savourer sans s'y accrocher. De savourer la vie dans son entièreté, le bon comme le mauvais (« Aimez ce que vous n'aimez pas », disait Gurdjieff). Cela peut être un contrat mirobolant qui nous fait sauter d'une joie avide, sans nous apporter la paix. Mais cela a aussi sa place. Il s'agit de sentir que cela peut être reçu avec le moins d'attachement possible, parce que sinon, cela nous entraînera encore plus bas la fois suivante.

A.J. : La voie spirituelle nous rend plus satisfaits, mais elle est rigoureuse.

B.C. : La pratique ne vient pas d'un coup, hormis bien sûr pour certains êtres qui sont des Mozart de la spiritualité. Elle vient progressivement, en fonction de la compréhension que l'on a de l'enseignement – pour ce qui est de moi du moins. Quoi qu'il en soit, ce qui est indispensable, c'est de se rendre compte qu'on ne peut s'y consacrer une fois de temps en temps. Accepter d'ouvrir son cœur une fois de temps en temps, ou de dire oui une fois de temps en temps, ce n'est pas un chemin. On retrouve ici les notions d'ascèse, de travail, d'effort. Si on veut devenir un pianiste virtuose, ce n'est pas en jouant de temps en temps que l'on va y arriver. Et le but, c'est quand même d'être un virtuose du vivant. Il faut donc prendre conscience, petit à petit, que la pratique est indispensable, qu'on doit lui faire une place, aller jusqu'à un effort qui va progressivement s'intégrer dans le corps. La pratique s'intègre avec la répétition. Swami Prajnanpad parlait de marteler (« *hammering* »), de recommencer sans cesse.

A.J. : Oui, cela rejoint l'intuition d'Aristote : « C'est en forgeant qu'on devient forgeron. » Il y a quelques années de cela, je me disais souvent que quand je serais confiant, je poserais des actes de confiance. Mais c'est au contraire en posant des actes de confiance que j'accède à cette vertu. Les stoïciens disaient qu'on est des athlètes. À mes yeux, c'est une invitation à faire de la philosophie

comme le gymnaste fait ses exercices. Lui, il s'entraîne, passe des épreuves; pour le philosophe, l'existence devient le terrain de l'exercice spirituel.

B.C. : Un chemin spirituel, c'est un épanouissement. Et s'épanouir, c'est aller vers ses désirs. Or on peut très bien aller vers des désirs qui nous entraîneront dans quelque chose de malsain, et passer à côté de nos vrais désirs qui, eux, pourraient nous aider à nous épanouir. La conscience qu'on développe en soi grâce à la pratique spirituelle nous aide à faire émerger ces désirs-là.

Le problème cependant, c'est qu'ils contiennent toujours un « mais » : « J'aimerais bien ça *mais* ce n'est pas possible, c'est trop compliqué, etc. » Jacques Castermane a cette phrase magnifique : « Il n'est pas de tâche difficile qui ne pourrait être divisée en petites tâches faciles. » Quel est mon désir ? C'est de passer mon permis bateau. Eh bien si c'est cela, quel premier acte puis-je poser pour aller vers ce désir ? Réaliser un désir, quel qu'il soit, n'est pas impossible. Ainsi, j'essaie de découvrir mes attentes et de les satisfaire dans la mesure du possible et quand cela ne nuit à personne. Simplement, il faut distinguer les désirs qui sont l'expression de ce que nous sommes vraiment et les désirs plus névrotiques, plus malsains.

A.J. : Depuis *Le Métier d'homme*, j'ai lu Spinoza. Son analyse rejoint totalement tes propos. Dans l'*Éthique*, il opère une distinction qui m'éclaire

beaucoup entre les désirs inadéquats, ceux qu'on importe du dehors (par exemple : « je dois être comme les autres », « je dois répondre aux exigences de la société »), et les désirs adéquats, ceux qui découlent de notre essence et nous rendent libres. Le désir adéquat, c'est celui qui nous correspond totalement, qui prend racine dans notre essence, dans ce que nous sommes en profondeur.

B.C. : Et l'inadéquat est une réponse à nos souffrances d'enfant.

A.J. : Oui.

B.C. : C'est en ce sens qu'un chemin spirituel peut dès le départ être piégeant. En effet, même si on en comprend intellectuellement le but, à savoir se libérer de l'ego, ce dernier peut le récupérer en se disant : « Ah, cette fois, tu vas vraiment réussir quelque chose ! Tu vas pouvoir briller ! » Et du coup, le désir spirituel est faussé. Il faut donc le purifier, c'est-à-dire déceler, reconnaître ces désirs qui appartiennent aux blessures de l'enfant qu'on a été, le besoin de reconnaissance dans notre exemple.

A.J. : Pour toi, cela semble une évidence que le moi peut récupérer la démarche spirituelle. Personnellement, je m'en aperçois jour après jour.

B.C. : C'est une des difficultés de la pratique. Il y en a d'autres. Le découragement, par exemple. Se dire : « Je n'en suis que là après toutes ces années d'effort. » Or ce « je n'en suis que là » peut

apparaître comme une vision lucide de la réalité, alors que c'est un commentaire sur la réalité qui est simplement : « J'en suis là. » Il faut revenir à ce qui est. La réalité est un encouragement à continuer.

A.J. : Pour moi, la pratique, c'est, et là je rejoins les stoïciens : qu'est-ce que j'ai sous les yeux ? Qu'est-ce qui s'offre à moi ? C'est quoi le réel ? Le réel est un appui, alors que, dans l'imaginaire, il n'y a aucun appui, c'est totalement fumeux. La réalité, fût-elle la plus dure, offre un appui tout simplement parce qu'elle est là. Et aujourd'hui, grâce au zen, je ne me représente plus la spiritualité comme le fait d'entasser de nouvelles connaissances, de fourbir de nouveaux outils, mais plutôt comme le lieu où oser la nudité intérieure, oser le dépouillement. Plotin dit qu'il faut sculpter sa sculpture intérieure jusqu'à ce qu'il n'y ait plus rien à enlever.

B.C. : Une autre difficulté de la pratique est d'arriver à détourner le sommeil, qui revient sans cesse à l'assaut, ou le mental, selon la façon dont on le nomme. Dürckheim conseillait d'« utiliser tous les réveils possibles » pour sortir du sommeil. Il paraît que Montaigne accrochait des tas de formules dans sa tour pour avoir sous les yeux de quoi être mis ou maintenu en état d'éveil. Tu procèdes de la même façon, je crois. Cela me fait penser à une très belle phrase d'Yvan Amar : « Pour que l'enseignement soit vivant, il faut que la demande soit vivante. » Et l'on peut dire que pour que la

pratique soit vivante, il faut qu'elle repose sur une demande vivante. Cette demande, comment la raviver ? Sans doute aussi par des rencontres avec des êtres qui nous nourrissent spirituellement, comme notre amitié, par exemple.

A.J. : Oui ! Houei-neng sut en faire un pan de la pratique, qu'il appelait « s'entourer d'amis dans le bien ». Ce qui m'aide à persévérer, c'est précisément de rencontrer des maîtres, de t'avoir rencontré et d'échanger avec toi. Chacun de nos moments communs me touche et nous ancre. Il me semble que, sur le chemin spirituel, il y a un art de se recentrer, ou de se décentrer d'ailleurs. C'est paradoxal, mais c'est comme ça. Plus on habite le fond du fond, moins on est égocentré, et plus on se décentre. Ce qui aide à ce décentrement, c'est la relation à l'autre. Tout un art est pourtant nécessaire pour le rencontrer sans que la dépendance, voire l'aliénation, n'abîme le lien. Swami Prajnanpad parle des *beggars for love*, des « mendiants d'amour », pour qualifier ceux qui sont dans cette dépendance. Il m'invite à voir comment je peux devenir esclave de l'approbation, de la reconnaissance et de la tendresse. Sur mon chemin avec le handicap, je deviens plus dépendant extérieurement. J'ai besoin d'aide pour prendre une douche, pour m'habiller. Mais grâce à la spiritualité je deviens, me semble-t-il, plus indépendant intérieurement.

B.C. : Mais quand tu dis que tu deviens « plus dépendant extérieurement », est-ce que cela ne veut pas plutôt dire : « J'accepte » ?

A.J. : Absolument. J'étais peut-être dans un déni de la dépendance, du besoin d'être aidé, et je menais un combat frénétique pour essayer de tout maîtriser. Au fil du temps, la pratique spirituelle m'a montré la richesse et la beauté de l'autre, la merveille et l'unicité de chaque personne. Pourtant, il faut aussi assumer une certaine solitude. On ne sera jamais totalement compris par l'autre, et on meurt seul. L'expérience de la mort, celle de la souffrance physique, et psychologique, est d'une solitude infinie. On peut certes être accompagné, être entouré de gens qui nous réconfortent de leur bienveillance, l'expérience de la mort et de la souffrance reste une expérience solitaire, qu'on éprouve dans sa chair.

À l'institut, combattre était vital, sinon j'aurais passé ma vie à aligner des cigares dans des boîtes. Il fallait donc lutter contre cet avenir que l'on me prédisait, lutter pour être admis à l'école ordinaire. C'était un combat incessant et tout mon travail était de trouver la joie dans ce progrès. Il y avait certes une audace à espérer que cette ascèse, cet exercice spirituel constant me conduiraient vers le mieux. Mais la pratique de la méditation, où l'on ose la gratuité pendant une heure, m'a permis de ne plus être dans le combat. C'est pourquoi

je la considère comme le premier pilier de ma pratique.

Le second pilier, tout aussi essentiel, c'est l'amitié spirituelle. Le soir, dans le dortoir de l'institut, on se retrouvait, Jean, qui était très petit, Jérémie, qui avait un handicap un peu comme le mien mais qui ne marchait ni ne parlait, et Antoine qui souffrait d'un retard mental. J'avais vraiment l'impression que nous étions des paumés de l'existence, je me demandais ce qu'on fichait là. Et en même temps, il y avait une communion entre nous. Ma conscience de la nécessité de l'amitié spirituelle vient de là. Aucune jalousie, aucun jugement entre nous. On était coéquipiers. Notre amitié était tenace, inconditionnelle, mais pas choisie. Il ne s'agissait pas d'une élection affective, du type « je t'aime bien », mais d'un lien d'une profondeur abyssale.

Ainsi, le troisième pilier de ma pratique, c'est encore l'autre : l'engagement envers l'autre, soit dans le bénévolat, soit dans l'écoute, ou encore, plus humblement, dans le fait de ne pas imposer sa souffrance à son entourage. C'est déjà un métier à presque plein temps ! À l'époque du *Métier d'homme*, j'avais recours à la philosophie pour sauver ma peau et essayer d'être un handicapé heureux, pour dire les choses simplement – essayer de gérer et d'assumer le regard d'autrui. Mais plus je pratique, plus je m'aperçois que j'ai voulu faire

mon bonheur dans mon coin, même si j'étais très lié à mes camarades de l'institut. Dans le bouddhisme, on dit que la biche blessée se met de côté pour guérir. J'ai l'impression que la première étape de ma vie spirituelle fut de prendre un peu de recul pour ne pas traîner mes blessures parmi les autres et les leur imposer. Aujourd'hui que j'ai plus ou moins intégré ces blessures, je me sens plus enclin à aller vers l'autre.

B.C. : Moi, c'est une interrogation que j'ai encore. Je suis en chemin et le but du chemin, c'est l'autre. Mais quand je pense à cela, j'avoue que cela ne me met pas à l'aise. Parce que je vois que je suis la biche blessée qui se met de côté. Je sens que l'ego tente de récupérer le chemin : « Je vais enfin réussir à trouver ma place », « Je vais enfin pouvoir briller », etc. Je me défais autant que faire se peut de cette récupération, elle fait partie du chemin. Mais c'est une affaire entre moi et moi, où l'autre disparaît. Pas complètement heureusement ; je me tourne quand même vers lui. Mais j'ai vraiment cette sensation que j'ai un ego à rassurer, à protéger, et que si je ne le fais pas, c'est la panique. Et si je me dis que le chemin, c'est l'autre, cela peut aussi être la panique. J'ai besoin de me sentir bien, de me sentir à l'aise pour pouvoir me tourner vers l'autre.

A.J. : Je pense que ce qui nous amène à être plus solidaires et plus généreux dans un premier temps,

c'est l'égoïsme. C'est par égoïsme, ou par mal-être, que je vais vers la pratique spirituelle qui, chemin faisant, me libère d'un trop-plein de narcissisme. À mon avis, on en conserve tous peu ou prou jusqu'à la mort – sauf à être un saint. Chemin faisant donc, on découvre la place de l'autre, on s'engage pour lui. Or je pense que même au départ, même dans l'égoïsme ou le narcissisme, on éprouve un sentiment de compassion, voire de pitié, pour la souffrance et le sort de l'autre. Mais peut-être que l'individu profondément blessé a davantage de mal à se tourner vers l'autre. La souffrance engendre une sorte de repli identitaire : on se sent tellement mal que l'on se coupe des autres. Pourtant, ce faisant, on augmente sa souffrance. Je dirais donc que, même au début d'une pratique, on a de l'intérêt pour l'autre. Simplement, il n'est peut-être pas aussi vaste et limpide qu'à la fin. Si fin il y a.

B.C. : Il y a un défaut, ou un risque, inverse : être totalement tourné vers l'autre, et oublier son cheminement personnel. S'oublier soi au profit de l'autre. Cela peut être une forme de névrose. Dans la pratique, c'est un cul-de-sac en tout cas.

*

A.J. : En pensant aux *Inconnus* où tu jouais, j'ai envie de te demander quelle est la place de l'humour dans ta pratique spirituelle ?

B.C. : L'humour consiste à se moquer de soi-même, alors que faire de l'esprit, c'est se moquer des autres. Faire preuve d'humour dans telle ou telle situation pour s'en détacher, ou la relativiser, cela ne se commande pas. Nous pratiquons tous deux l'humour, ou l'humour nous pratique. Je l'observe davantage chez toi que chez moi. Tu aimes bien me titiller, et tu le fais avec humour. Cela me fait prendre conscience de ce que je ne vois pas.

A.J. : Je ne crois pas que j'ai choisi d'avoir de l'humour. Au début, c'était pour moi une façon de plaire et d'être accepté, il faut bien le dire. Un mot d'esprit pouvait aussi briser le pathétique que le handicap peut induire. L'humour était donc un moyen. Mais c'est comme dans la spiritualité : chemin faisant, la motivation se purifie. L'humour introduit un décalage avec la réalité, et permet de ne pas être identifié à ce qui se produit ou nous tombe dessus, de ne pas être réduit au personnage que les autres voient en nous, ou que l'on joue. Ce qui me frappe en voyant des êtres pour qui – on va user d'un gros mot – la spiritualité est une profession à plein-temps, c'est leur sourire. Dans les monastères bouddhistes et chrétiens où j'ai pu aller, j'ai vu des moines âgés de soixante-dix ans s'émerveiller en plongeant une louche dans la soupière, avec un regard d'enfant. Rigoler en regardant s'amuser deux souris dans la rue me reste pour le moment inaccessible. Pourtant, nous

avons peut-être tous en nous cette capacité d'émerveillement. L'humour peut procéder de cet émerveillement ou y conduire. Pour moi, c'est le gage d'une liberté intérieure.

B.C. : Alors qu'il était étudiant, un ami était allé au Népal rencontrer le maître tibétain Kangyur Rinpoché. Il l'a trouvé chez lui, vivant dans un grand état de pauvreté, et malade. Ils se sont entretenus en anglais et mon ami lui a expliqué son approche de la spiritualité, les difficultés qu'il rencontrait, ses questionnements, etc. Le maître se tordait littéralement de rire en écoutant ce jeune homme de vingt ans empêtré dans sa problématique existentielle et spirituelle. Et mon ami m'a rapporté que ce qui était merveilleux, c'est qu'il n'y avait aucun jugement dans ce rire, aucune moquerie. Je me dis qu'aux yeux d'un sage le chercheur de vérité doit parfois ressembler à l'ivrogne qui cherche – sincèrement – ses clés sous le lampadaire parce que c'est là que c'est le mieux éclairé !

A.J. : Cet état d'esprit me paraît inaccessible !

B.C. : Pourtant, c'est une expérience que l'on connaît tous. On a tous ri de bon cœur. Cela nous appartient, cela fait partie de notre nature humaine.

A.J. : Devant un bourrage papier de mon imprimante ou devant un problème informatique, je rêverais de pouvoir éclater de rire !

B.C. : Toutes proportions gardées, cela m'est arrivé récemment à la piscine. Nager est une chose

que je vis de plus en plus agréablement. Mais dernièrement, j'avais un souci récurrent, qui ne me sortait pas de l'esprit. Généralement, je nage une demi-heure. Là, j'ai dû être incapable d'être vraiment à ce que je faisais durant vingt-huit minutes. Je ne parvenais même pas à compter les longueurs que je parcourais ! Et à un moment, j'ai éclaté de rire. Parce que j'ai vu que je ne pouvais rien contre ce souci, qui revenait sans cesse. J'avais beau me dire de penser à autre chose, il était là. Devant l'absurdité de la situation, j'ai donc fini par éclater de rire. C'est toujours mieux que de se flageller, et c'est sans doute plus libérateur. On rit de se voir faire. Et si cela ne nous accable pas, cela peut nous faire rire.

Ce matin, j'ai médité. Puis la sonnerie annonçant la fin de la méditation a retenti. Mais je l'ai laissée sonner un petit peu plus longtemps parce que j'avais envie que tu l'entendes et qu'ainsi tu saches que je méditais. Quand j'ai pris conscience de cela, j'ai ri.

A.J. : Finalement, pourquoi continues-tu de pratiquer la spiritualité ?

B.C. : D'une certaine manière, parce que je n'ai pas le choix. Je n'ai pas le choix de m'arrêter. Mon chemin est fait de pauses, de moments où je me perds et de moments où je me retrouve. Mais je n'ai ni le choix de me retrouver ni celui de me perdre. Alors pourquoi je continue ? Parce que je

me relève malgré moi, ou en tout cas grâce au cadre que me donne l'enseignement, grâce aux personnes qui m'aident et m'entourent, et grâce à la vie. Cela me rappelle l'histoire de ce martyre chrétien du premier siècle, que les païens lapidaient. Ses meurtriers lui demandaient où était son Dieu. Et lui répondait : « Mais vous ne voyez pas ? Le miracle est là. Vous êtes en train de me tuer et je ne peux pas renier mon Dieu. » Personnellement, je ne peux pas évoquer le reniement à Dieu. Ce n'est pas dans mon langage. Mais je ne peux pas renier le chemin sur lequel je suis, même s'il est fait de moments d'oubli et de moments d'éveil.

A.J. : Tu n'as jamais eu la tentation de tout envoyer paître : « Fini la discipline » ?

B.C. : La tentation, non, l'idée, oui, et elle revient de temps en temps. Si la tentation ne se présente pas, c'est parce que j'ai l'impression qu'abandonner la pratique n'a pas de sens. Je peux avoir l'idée que je ne m'y consacre pas assez, que je perds du temps et que je n'avance pas. Mais jeter la pratique par-dessus bord, ce n'est pas possible. C'est malgré moi qu'elle disparaît, et presque malgré moi qu'elle revient : tout à coup elle s'impose à moi, nécessaire.

A.J. : Pour moi, le métier d'homme aujourd'hui, c'est un élan quotidien vers la pratique, vers l'exercice de mes trois vocations. C'est peut-être apparu en cours de route, grâce à des retraites, des

rencontres, et grâce à ce que tu appelles la présence à soi et à Dieu. *Vocatur*, l'étymologie latine de vocation, signifie « être appelé ». Et j'éprouve vraiment cet appel chaque jour. Lors de méditations, j'ai senti en mon être que j'étais appelé à être une personne handicapée. Presque l'intuition qu'on m'avait choisi ce destin – qui n'est pas un destin, c'est pourquoi je l'appelle destin... J'avais à m'épanouir pleinement dans cette vocation.

Ma deuxième vocation est celle de père de famille. Là, le métier d'homme s'exerce aussi au quotidien, dans la simplicité, dans les rires et les larmes de mes enfants, dans leurs jeux simples, en suivant Augustin qui me dit, comme hier : « Papa, rigole pas ! On joue ! »

Et la troisième vocation de mon métier d'homme, c'est de témoigner de l'état d'esprit dont j'ai hérité à l'institut, cette aspiration à la joie. Paradoxalement, j'étais peut-être plus joyeux alors qu'aujourd'hui, dans un contexte familial. Parce qu'à l'institut, comme j'avais l'impression de tout avoir perdu, tout était à gagner. Alors qu'aujourd'hui où j'apprends à danser avec la vie, il y a tout à perdre.

B.C. : Je suis pour ma part devenu époux et père de famille. Je n'oserais pas parler de vocation pour mon métier de comédien. Pourtant, on me suggère parfois que j'ai une vocation pour le rire, et que j'ai

comme un devoir de continuer à faire rire les gens, à les distraire. Mais le mot « vocation » me paraît trop fort dans ce contexte. Peut-être ne suis-je pas encore suffisamment convaincu de celle-ci.

A.J. : La voie spirituelle appelle à une nudité, au dépouillement intérieur. C'est cesser de jouer un rôle. N'est-ce pas contradictoire avec ton métier de comédien ?

B.C. : Non, je ne crois pas. En tant que père, en tant qu'époux, j'ai un rôle à jouer au sein de ma famille. « Cesser de jouer un rôle » signifie autre chose : c'est cesser d'être faux, de biaiser, de se leurrer, de paraître, d'être inauthentique, avec les autres comme de soi à soi d'ailleurs. Or le métier de comédien n'est pas de cet ordre. Plus je le pratique, plus je m'aperçois qu'être authentique, intègre et sincère est vraiment une façon de s'épanouir, d'être plus léger, plus heureux et d'aller à la rencontre de l'autre.

A.J. : C'est ce que tu aimerais léguer à tes enfants ?

B.C. : J'aimerais leur léguer la confiance, je crois. Qu'ils puissent puiser la confiance en eux-mêmes, et pour la vie. Mais je ne sais pas comment je peux leur transmettre cela. En ayant confiance moi-même sans doute, en ayant confiance en moi et en la vie.

Et toi, y a-t-il quelque chose dans les rôles que tu as à tenir – les différents aspects de ton

métier : les conférences, les rencontres, ta vie de famille –, qui soit difficile ou contradictoire avec la pratique ?

A.J. : Il m'est difficile de découvrir la légèreté dans la vie familiale. Il me semble qu'à l'institut on rigolait beaucoup. Nous vivions dans un souci constant, une préoccupation matérielle et physique omniprésente, mais nous n'étions pas préoccupés de l'avenir. Au quotidien, des questions comme : « Qui je serai dans trente ans ? Qu'est-ce que je ferai ? » ne nous venaient pas à l'esprit. Nous vivions au jour le jour, avec nos obstacles et souffrances quotidiens.

Aujourd'hui, le plus difficile dans mon métier d'homme, c'est d'être un homme précisément, moi qui n'ai jamais été véritablement un enfant. Il me semble qu'on m'a privé de mon enfance en me responsabilisant à outrance, m'empêchant par là de découvrir la légèreté qu'il peut y avoir à être un homme. Le mot « adulte » me déplaît. Très jeune, on m'a dit qu'il fallait que je me montre adulte, que je sois adulte. Maintenant que je le suis devenu, je me refuse presque à l'être. Parce que c'était un impératif qui me coupait de ce que j'étais. Non seulement je n'étais pas un enfant comme les autres, mais on m'interdisait en outre de m'abandonner à la vie, de profiter de mon quotidien sans me poser de questions. Désormais, je me demande qui je suis véritablement, ce que

c'est qu'être un homme, et comment je peux être joyeux sans avoir à combattre.

Nietzsche présente trois étapes pour rendre compte du chemin vers la liberté. La première est celle du chameau qui ploie sous les conventions sociales, autrement dit qui s'adapte, qui mime l'environnement et qui est peu lui-même, finalement. La deuxième est celle du lion qui rugit contre cet héritage et qui s'impose, qui s'affirme. Et à la fin vient l'enfant, qui crée des valeurs. Me plaît cette idée que mon métier d'homme, c'est de retrouver cet enfant qui crée son art de vivre, qui avance et qui progresse, en renonçant aux armes, aux outils, en passant les barrières.

Les titres de mes livres rendent compte eux aussi d'un parcours, ils sont comme des repères sur mon chemin. L'*Éloge de la faiblesse*[1] montrait que le handicap n'est pas une calamité, que la faiblesse humaine peut être le lieu d'une fécondité. *Le Métier d'homme* visitait les grands chantiers de l'existence pour épuiser la joie et trouver celle-ci en toutes choses. *La Construction de soi*[2] fut une manière de revisiter ce que la philosophie m'avait donné pour me construire. Au cœur du *Philosophe nu*[3], il y avait le dépouillement, la découverte de la passion, de la jalousie, le dévoilement

1. Paris, Cerf, 1999 ; Paris, Marabout, 2011.
2. *Op. cit.*
3. Paris, Seuil, 2010.

de l'illusion. L'étape actuelle, avec le *Petit Traité de l'abandon*[1], c'est l'absence de lutte, le oui à la vie, le oui de l'enfant.

La pratique du zen est ce que j'ai trouvé de plus fécond sur ce chemin. Elle consiste à essayer de découvrir la réponse la plus adéquate dans l'instant présent, d'être totalement dans l'action. Mais pour quelqu'un qui est comme moi dépendant des autres pour taper un texto, s'habiller le matin, prendre une douche, l'abandon est une attitude pour le moins particulière. Je dois apprendre à concilier l'action et l'abandon. Pourtant aujourd'hui je n'ai plus peur de ce paradoxe : c'est peut-être ça le progrès. Le paradoxe est visible, je le vois. Voilà. Pourquoi le résoudre à tout prix ?

1. *Petit Traité de l'abandon. Pensées pour accueillir la vie telle qu'elle se présente*, Paris, Seuil, 2012.

Remerciements

Notre chemin progresse. Fait de hauts et de bas, il avance. Que soient ici remerciés tous les êtres qui nous accompagnent et nous encouragent sur la route.

Un merci du fond du cœur à Anne Campan et à Corine Jollien, à Frank et Louiselle Jollien, au père Bernard qui me guide avec une infinie bienveillance sur le chemin du oui, à Joachim Chappuis, à Romina Crapetto, à Elsa Rosenberger, à Frédéric Théry, à Ruth Bovay, à Antoine Zong-Naba, à Jean-Philippe Barras, à Nadine, Marine, Roland et Thierry Mauvernay, à David Kursner, à Daniel Widmer, à Gilles Genin, à Laurent Chateing, à Étienne Parrat, à Patrice Héritier, à Yvette Tomassacci, à Benjamin Hernach, à Nathalie Rey, à Laurent Crampon, à Pierre Carruzzo, à Dominique et à Olivier Rogeaux et à Jon Schmidt, à Geneviève Frei, à Éric Mangin. Grâce à eux et bien d'autres amis dans le bien, le métier d'homme et ses combats deviennent l'occasion de la joie.

Merci, Bernard, de ton soutien sans faille et de me donner le goût du non-jugement et de la confiance.

A.J.

Table

RÉALISATION : PAO ÉDITIONS DU SEUIL
IMPRESSION : NORMANDIE ROTO IMPRESSION S.A.S. À LONRAI
DÉPÔT LÉGAL : OCTOBRE 2014 . N° 116749-7 (2105736)
Imprimé en France